I0570614

Paraíso Perdido, Paraíso Encontrado!

Angélica Jemio De Torrico

Copyright ©2016 Angélica Jemio de Torrico
Publisher/Editor: Eugene Troche
Cover Design ©2016 Eugene Troche
ISBN 978-0-578-18304-6

All rights reserved. This book or any portion thereof
may not be reproduced in any form or by any
electronic or mechanical means including information
storage and retrieval systems – except in the case of
brief quotations embodied in critical articles or
reviews – without the express written permission of
the publisher.

Published in the United States of America.

Dedicado con todo cariño
y amor de madre
a mis queridos nietos y bisnietos:
Sandra, Rodrigo, Marianela, Danitza, Claudia,
Carla, Mauricio, Veronica, Paolo,
Diana, Gabriela, Jason, Ariana, Daniel,
Isabella, Alexander y Sadie.
También en memoria de Coquito y Alvarito.

Prólogo

De Villa Devastada a El Paraíso! Nuevos horizontes! Uno siempre sabe donde la vida comienza, pero nunca donde va a terminar, o cuando. Ojalá que las palabras escritas en este sencillo libro sirvan de ejemplo para la comunidad deseosa de aportar progreso y superación a su familia y pueblo. Aunque siempre hay contratiempos y desacuerdos, y aunque a veces uno tiene que dejar lo suyo para el beneficio de otros, es muy importante creer que "querer es poder!" En situaciones difíciles, la fé es sumamente importante. La hazaña de los sacrificados siempre será premiada por la historia del pueblo que los vio nacer y por el Altísimo Dios, cual los recibe al final de la vida. Ese es el verdadero Paraíso!

Gracias,

Angélica Jemio de Torrico

La Autora

1 Hace mucho tiempo en un lejano país, ocurrió este suceso en la ciudad de Santa Clara. Ciudad moderna, laboriosa que cubria todas las aspiraciones de sus habitantes, reconocida por la seriedad de sus gobernantes, respetada por paises vecinos, principalmente por los paises Europeos, con los que mantenia muy buenas relaciones comerciales. Santa Clara, sede de gobierno y todo lo relacionado con la rama judicial é industrial. Santa Clara, con gente bien capacitada para la industria, comercio y banca. Hombres con capitales, hasta millonarios hacendados, con grandes cantidades de ganado, en fín, gente de dinero. Pero, siempre existe un pero en la vida, los acaudalados de la ciudad, despreciaban é ignoraban a los menos afortunados, asi fueran familiares que por alguna razón perdieron su crédito. Aunque a las personas sencillas les quedaba un gran corazón y mucha inteligencia, no tomaban en cuenta el parentesco familiar, negándoles hasta el empleo digno que solicitaban para vivir de acuerdo a la profesión y nivel económico. Personas pobres, limpios, su enfermedad era el abandono de la "Señora Fortuna." Pero poseian en su pecho un corazón de oro, para repartir a ricos y pobres si llegaba la ocasión, especiamente a los necesitados.

La Ciudad de Santa Clara, con ayuda de la madre naturaleza y la hermosura de sus paisajes, invitaba a los turistas a conocer especialmente los museos costumbristas, parques, hasta lo más caprichoso de su terreno, que parecia un regalo de los dioces. Era una novedad especial para los extranjeros. Como es natural en las grandes urbes, también existen villas habitadas por gente humilde y necesitada de una vivienda propia para ofrecer a su familia. Pero aquí estaba lo difícil, tropezaban con la negativa de algunos personeros del estado, como si estos señores fueran dueños de la ciudad. Como la gente humilde no tenía tierras ni dinero para sus construcciones, se vieron obligados por la apremiante necesidad ha apoderarse de terrenos inseguros, no autorizados por la Honorable Alcaldia Municipal de la ciudad. La desesperante necesidad era tan apremiante que los obligaba a desobedecer las reglas municipales, que vieron presionados a construir sus casitas en lugares peligrosos o deleznables. Las autoridades les cerraba toda alternativa por falta de dinero...dinero que apenas les alcansaba para comer y mal vestir a sus hijos en edad escolar. Los niños soñaban con una casita propia, pero como cumplir ese deseo? Ahora tenian el terreno, pero no dinero para construir.

En una colina no muy empinada, junto a las llamadas Aguas Negras, construyeron sus viviendas con materiales en desuso, recogidos de los vaciaderos de basura, aunque les tomó tiempo limpiar los deshechos. Ellos amaban la limpieza, aunque eran pobres pero bien aseados. Ya instalados en sus hogares, los niños se dieron a la tarea de plantar flores para alegrar su nuevo barrio, que para ellos era la mejor avenida del mundo. Cuando sus jardines estuvieron floridos, los chicos contemplaban embelezados la obra de sus delicadas manitas.

Pero cuando la naturaleza quiere castigar a los pobres, lo hace de cualquier forma. Un fátidico dia, a las nueve de la mañana, las mujeres como de costumbre quedaron solas cuidando a sus hijos chiquitos, que no asistian a la escuela. Algunos vecinos trabajaban en casa. De pronto se escuchó un ruido ronco, como si saliera de bajo la tierra. Algunas personas dejaron sus labores y corrieron a la calle a averiguar lo que pasaba. Afuera reinaba una tranquilidad absoluta, pero en los rostros de las madres y los obreros a domicilio se notaba preocupación, mezcla de miedo, inquietante mal presentimiento.

Las madres empezaron a preparar a sus hijos para cualquier emergencia. Pasó más o menos media hora de aquel fatal anuncio y se escuchó otro ruido que semejaba a una voz infernal. Parecia que el cerro tomaba la forma de una gigantesca serpiente que avanzaba lentamente sobre Villa Bonita, barrio pobre pero bonito, limpio, lleno de flores que semejaba a un bello jardín. Los padres inculcaban en sus hijos el orden, la honradez, el trabajo y más que todo, la obedencia. Las madres decian que pobreza no es sinónimo de pereza, suciedad y mugre.

Las madres, ante el espeluznante espectáculo de tremenda mole que venia sobre la pequeña villa, se espantaron, pero tuvieron la entereza de reaccionar tomando en brazos a sus pequeños hijos. Corrieron arrastrando a los niños que ya sabian caminar, de modo que pudieran salvar sus vidas, evitando ser tragados por la inmensa masa de barro, piedras, casas y todo lo que encontraba a su paso. Al parecer, intentaba cubrir el caserio y el camino cual mortaja enviado por el mal. La reacción de las mujeres fué tan rápida y acertada, que las salvo de una muerte segura. En pocos minutos la villa se volvió un caos. Algunos vecinos miraban aterrados la horrorosa destrucción que parecia una horrenda pesadilla que no quisieran volver a repetir en la vida.

La gente de los alrededores jamas habian contemplado semejante desastre y miraban incrédulos al flagelo que les enviaba la naturaleza. El miedo de algunos hombres no les permitia reaccionar positivamente, en cambio querian correr a esconderse a cualquier lugar seguro y protegerse del monstruo salido de los infiernos. Otros en loca carrera arrastraban a ninos y mujeres que corrian dando tumbos por la ladera. Por momentos chocaban entre ellas y seguian llamando a gritos a las mascotas de sus hijos. Los primeros en enterarse de la terrible desgracia ocurrida en su querida villa fueron los niños, que a esa hora pasaban clases en su escuela. Una maestra muy asustada dio la voz de alarma a todo el plantel. Luisito, Robertito y Andrecito cursaban el mismo grado. Paolito, Freddy, David y Miguel estudiaban en otra escuela, pero con todo y eso, se anoticiaron todos los muchachos de Villa Bonita.

Como enloquecidos, dejando su escuela, los tres compañeritos en loca carrera, no respetaban las luces de los semáforos. Llegaron al pie del cerro, siendo allí detenidos por la

9

policía. Pero conocian muy bien la zona, dieron un tremendo rodeo, casi al borde del desmayo llegaron a reunirse con su familia. Preguntaban, querian enterarse de toda la tragedia. Ninguna madre supo responder por el momento. Los chicos gritaban: "Mis hermanitos, mis mascotas, donde estan?" Lloraban abrazados a sus madres, gritando "papá...papi...papito, te necesitamos, apurate papito...papi." Las personas que trabajaban fuera de la villa llegaban a buscar su casa, que ya no existía. Al enterarse de lo ocurrido, deseaban la muerte, lloraban, culpando a la naturaleza por ensañarse con la gente necesitada.

Cuando llegó la calma, agradecieron al cielo por la protección que brindó a su familia, por el momento ese milagro tenia importancia. Lo demas, Dios les devolveria con creces, porque los angeles cuidaron la vida de las familias en desgracia. No hubo una sola pérdida humana. Ese monstruo sordo y ciego no escuchaba súplicas, ni llantos. Sumido en un letargo sepulchral, se fue como llegó, lento, indolente, sin escuchar ni el llanto de los niños. Pero la naturaleza se compadeció de los vecinos. Aquella masa de lodo se marchaba sin dejar gente herida. Talvez mascotas muertas porque estaban perdidas, envueltas en un barro negro y mal holiente. Los padres, responsables de su familia, no aceptanban consejos. Entre ellos hablaban buscando soluciones inmediatas. Las niñas, arrodilladas a la intemperia, pedian que el destino no las castigue más y por piedad encuentren a las mascotas de sus hermanitos que son como familia.

Los damnificados de Villa Bonita imploraban un techo, agua y comida porque los chicos y grandes quedaron con la ropa que llevaban puesta. Dios mio, los chicos estaban con la ropa de su cuerpo, que hacer... ..Que hacer? Los chicos estaban roncos, tanto gritar a sus mascotas, que solo les respondia el silencio mudo, testigo de la tragedia. Más o menos entre las siete a ocho de noche, en el pueblo de arriba se notaba personas ajenas al barrio devastado. Consternados por la situación, ofrecian su colaboración, aunque ellos también eran personas de escasos recursos. Sin pensar en sus semejantes, encendian enormes lámparas, inundando de luz sus propiedades. Los niños chiquitos veian fantasmas por todas parte.

Mientras los más afectados por el desastre comenzaban a acurrucarse y abrigarse con las donaciones de las personas de buen corazon, hasta los perritos callejeros buscaban un lugarcito seco para calentarse y pasar la noche. La mañana los sorprendio con los ojos bien abiertos é hinchados. Hombres y mujeres no pegaron los ojos en toda la noche. El problema más apremiante y vital de los jefes de familia era conseguir de agua limpia, recipientes para aprovicionar el liquido elemento a la comunidad. Esa mañana bien temprano, Rosaco, Jullita y Chavela, fueron enviadas por la señora al lugar de la tragedia y entremezcladas con los damnificados escucharon comentarios dolorosos entre los vecinos.

Las mujeres, conscientes de la situación, escucharon la conversación de sus esposos y dijeron: "No más lágrimas, que no conducen a nada positivo. Nosotras transportaremos el agua, haciendo turnos. Se escuchaba: "Manos a la obra mujeres, que en nosotras también hay valentìa." Detrás de ellas se escucho una voz de niño que dijo: "No señoras, que nosotros lo tenemos todo bien planificado, el modo de abastecer el agua a toda la gente de la villa. Aunque caminemos mucho no será imposible. Cada niño llevará el agua a su casa; también nos imaginamos lo que ustedes estan pensando, traeremos tipo cooperative. Con buena voluntad, todo se puede y se consigue lo necesario. Eso nos enseño la maestra en la escuela. Pues, ahora pondremos en práctica la enseñanza de nuestra señorita profesora."

A tempranas horas del dìa siguiente, gente curiosa familiares y vecinos subian la empinada cuesta, con el propósito de ayudar a los vecinos en desgracia. Entre ellos una mujer del pueblo, con algunos añitos encima que peinaba canas. La señora caminaba con dificultad, acompañada por tres mujeres a las que llamaba sus secretarias -- Chavela, Rosaco y Jullita -- incondicionales y fieles empleadas. Siempre las señoras de los mercados, valientes trabajadoras, con el corazón de oro, estaban ahí, para decirle al hermano en desgracia, si necesitas una mano amiga, toma la mìa aquí, estamos presentes! No están solos con su dolor, nosotras compartimos sus angustias." Una de las señoras dijo: "Anoche no pude dormir pensando en ustedes, ahora quiero desayunar con ustedes, aquì, al aire libre, acompañada de los que no tienen hogar. Traigo chocolate calentito con pancito recien horneado, algunas prendas de abrigo y la promesa de ayudar en todo lo que sea posible." Las dulces y sencillas palabras de la recien llegada llegó al alma de los vecinos damnificados, como un balsámo, tranquilizando los corazones sufridos de aquellos castigados por la naturaleza. Hasta ese momento nadie sabía el nombre de la benefactora. La jefa ordenó con cariño a sus empleadas, diciendo: "Rosaco sirve el chocolate, Chavela, reparte el pancito, Jullita atiende a los niños mas chiquitos." La jefa del grupo se envolvió con sus faldas largas y anchas para sentarse en el suelo y desayunar, junto a sus invitados. El desayuno era abundante, todos saciaron la necesidad de comer.

2 Rosaco dijo: "Señora Celestina, hemos cumplido nuestra misión, y listas para regresar a casa." Celestina respondió con una sonrisa de satisfacción, ordenando a sus empleadas, "vamos muchachas, que el trabajo nos espera." Pero antes dió media vuelta y se dirigió al grupo: "Hoy, cuando venía a visitarlos a ustedes escuché que la alcaldia les pondrá carpas. Si no lo hicieran me dejan saber, yo tengo alguna influencia con el alcalde, pues es mi compadre y yo trabajo en el Mercado Grande." Y añadió: "Otro día vendré a visitarlos y cenaremos juntos." Después se dirijió a los niños, diciendo: "Pórtense bién, mis queridos niños. Cuando regresen a la escuela saben donde encontrarme. Siempre estoy en el Mercado Grande, soy la única Celestina y estoy a la orden de ustedes para cualquier cosa." Levanto la mano en señal de despedida y con dificultad empezó a bajar la empanada cuesta.

Los vecinos quedaron admirados ante el trato sencillo, florido, convincente, y humanitario de aquella mujer que llegaba como un angel de bondad, inyectando confianza y amor, especialmente en los niños. Los chicos mayores de diez años se dieron la tarea de buscar a sus mascotas. Ramiro buscaba a su perrito Jazmin, Robertito a Benji su consentido, y Andrecito a su gato Supermán. También, Paolito a su inteligente Viviana, su preciosa guacamaya, cotorra parlanchina, segun ella, culta y artista brasilera, nacida en cuna de oro, en el mismo centro del MatoGrosso. Luisito era el más afectado por la pérdida de su mascota, la pata Marcelina, madre de tres patitos, recien salidos del cascaron. Su amo en convulsivo llanto le gritaba: "Marce... Marce., mi querida compañera, respóndeme, no te hemos abandonado, te estamos buscando Marce. Tus patitos deben tener sed y hambre, talvez tú estas herida?" Paulito continuaba con su llanto, diciendo: "Dame una señal Marce!"

Como si fuera un milagro, se escuchó un débil y lejano "cuac..cuac..." Ese "cuac" fué un alerta, anunciando que aún estaban con vida y sus patitos necesitaban salir del tenebroso lugar. Luisito, ronco de tanto gritar, con la carita mojada por el llanto, continuaba sacando barro hasta llegar a su mascota. Sangrando sus manitas, trabajó tanto y tanto, hasta llegar a mama pata. Aunque uno de ellos ya habia muerto, su madre lo protegia con el calor de su cuerpo.

En vista de la devastación de la Villa, los niños no asistian a la escuela. La desesperación de los padres llegaba al borde de limites desconocidos, aunque los muchachos se mantenían trabajando para ayudar en el hogar. Los padres multiplicaban sus esfuerzos para conseguir terrenos para la nueva ubicación, pero las autoridades, al comienzo, se mostraban renuentes a la solicitud de los damnificados, pretextando haberles advertido a tiempo que la ladera era peligrosa, y que sigan usando las carpas hasta encontrar una solución que le convenga al estado. Se les insinuó tener paciencia por unos días mas. Pero la gente ya estaba al borde de la desesperación, trabajaban hasta dieciséis horas al día y las mujeres, a la par de sus maridos, se sacrificaban con la esperanza de recuperar lo más indispensable para sus hijos, en primer lugar alimentos y vesturio. Se habían terminado las donaciones de personas de buen corazón. Aparte de todo, por cuanto tiempo mas duraría esta situatuación? Ellos eran pobres, pero delicados y era la primera vez que vivian de la caridad.

Los chicos notaban cierto malestar entre sus padres. Las necesidades, el nerviosismo de los acontecimientos, a causa de la indolencia de las autoridades, conducían a peleas y separaciones de las parejas. Como último recurso, decidieron convocar a una reunion general de los mas afectados y en ella decidieron dejar Villa Bonita, y salir a buscar mejor suerte. Las mujeres se opusieron a tal moción; ofreciendo trabajar más horas. Lo mas emocionante y fortificante fue la oferta de los niños y niñas, que fue trabajar junto a sus padres en bién de la comunidad y lo harian con mucho gusto, evitando quejas y disgustos entre los mayores.

Para distraer la mente de los damnificados de la Villa tuvieron la brillante idea de presentar una velada cultural. Antes, decidieron visitar a Celestina, allá en el Mercado Grande, solicitando un consesejo. Hablaron muy respetuosamente, con la confianza que les brindó desde que la cononocieron. Los muchachos, confiando en su discreción de persona mayor, les informaron sus proyectos infantiles. Doña Celestina, muy atenta, les escuchó hablar y luego agradeció tomarlo en cuenta. Se comprometio colaborar con ellos, pasando a participar en sus proyectos, diciendo: "Me encantaria siempre que ustedes lo permitan."

Ahora, doña Celestina les pedia reserva para manejar la situación, que desde ese momento se hacia responsable de sus niños. Celestina, muy orgullosa del grupo de ahijados, que le toco en suerte porque jamás tuvo ni vió un grupo de niños tan educados, obedientes, sencillos y valientes. Les dijo: "Estaré con ustedes cuando me necesiten. Me gusta que me quieran y confien en mi persona. Soy una mujer humilde, pero muy trabajadora y soy amiga hasta de politicos de altas esferas socialles. He ganado todo eso, con mi respeto, sencillez y bondad. Si nosotros respetamos, la gente también nos respetara." Dirigiendose a los muchachos, les dijo: "Niños, no se pierdan, vengan siempre a visitarme para ponernos de acuerdo en nuestros planes y adelante ahijaditos, confien en mí; yo no los defraudare. Ustedes son los hijos que Dios no quizo darme, el sabrá porqué." Así los despidio hasta la siguiente semana.

15

3 Los chicos en su inocencia creyeron que la madrina les enseñaria solamente a organizer mejor el juego planeado por ellos, con el propósito de disipar un poquito las penas de sus padres y amigos del barrio devastado. Cuando los chicos se presentaron en el Mercado grande, ante Celestina, se llevaron una agradadable sorpresa porque ella les entregó unas invitaciones sin rótulo, para que repartieran entre sus padres, amistades y a los que deseen participar, brindando un poco de alegria a la desolada Villa. "En lo sucesivo ustedes trabajaran solos," les decía, "no teman, yo los guiaré siempre. Ahora entreguen los sobres, que del resto me encargo yo y mis ayudantes."

Bueno, el motivo de esta reunión era el bautizo de los patitos, que merecen ser celebrado por ser sobrevivientes de tremenda catastrofe y mas para que mama Marcelina fuera consolada por el fallecimiento de uno de sus hijitos. Entre los habitantes de esta Villa, Luisito deseaba agasajarla y verla contenta a su querida mascota.

Llegó el día elegido por los niños, la madrina se presentó en la Villa, como ella acostumbraba hacerlo, con la misma sencillez que la caracterizaba, siempre acompañada de sus ayudantes. Para esa hora, la gente mayor se encontraba reunida en el lugar elegido por los pequeños anfitriones; algunas personas por curiosidad y otras porque querian asegurarse de las actividades infantiles. La señora Celestina comenzó con las siguientes palabras: "Señoras y señores. desde este momento yo soy la anfitriona y mis ahijados mis ayudantes." Su variada conversación, sus sencillas palabras, el cariño con el que se dirigia al público, conquistaba amistades de altas esferas, aun que ella no intervenia en los círculos sociales. Se escuchó una voz firme y bien timbrada, que ordenó: "Traigan a Marcelina!!" Luisito llevó a su mascota, con un lazo negro atado al pezcueso, y pidió que también presentaran a los patitos. Luisito dijo a su mascota: "Saluda a nuestra benefactora," pero jamás penso el niño que el animal le entendiera, puesto que lo dijo en broma.

Los siguientes segundos, ocurrió un milagro. Nadie se explicaba lo que ocurrio. Marcelina dijo cuac, cuac, cuac, extendiendo sus alas, sorprendiedo a los presente, incluyendo a su amo, que nunca le dio tal regla social. Despues de las explicaciones de los padres, los demas niños aseguraron ignorer la inteligencia de mama pata. Doña Celeste todo lo pasó por alto. No deaeba empañar la fiesta de los chicos y la señora levanto al patito más robusto y le dijo: "Tú, desde ahora te llamarás Marco." Luego, a la mas pequeña y delicada, le dijo: "Te llamaras Daysi, en honor a mi sobrina." Quedando bautizados los patitos, los niños y los invitados quedaron tan sorprendidos que no se les ocurrió preguntar nada de aquella descabellada idea. Como si la madrina adivinara el pensamiento de los demás, respondió que todas esas bromas las hacia para distraer a sus atribulados amigos.

Luego procedieron a repartir los refrigerios y golosinas que llevaron sus ayudantes. Celestina satisfecha de su obra brindó cariño, amistad, compañerismo a los damnificados, saboreando los deliciosos emparedados. Los agradecidos vecinos se preparaban a despedir a su importante benefactora, cuando escucharon un debil miau...miau....miau. Andrecito pensó que era su imaginación, pero no, no era alucinación. Era el gato Supermán que se acercaba al grupo, arrastrando su lastimado cuerpecito. Andrecito, niño de diez años, corrió a abrazar a su mascota. Su amo entre lágrimas le decía, hermanito, estas vivo, no sabes cuanto te busqué mi hermano del alma. Revisando el lastimado cuerpo del animalito, le hacia preguntas como a un humano.

En su inocencia los otros chicos le preguntaban a Supermán si vió a las otras mascotas. Están desaparecidos

Benji. Jazmin, Napo y Napoleo, dos preciosos gallos, también Viviana la cotorra parlanchina, que decía pertenecer a la Corte Suprema de la Villa, y también tenia el Don de cantar todo ritmo, inclusive himnos de su pais.

Esa tarde hubo otra fiesta y cosas muy buenas para los chicos. Parecía una obra milagrosa, una bendición en medio de tanta tristeza, para los sobrevivientes. Del cerro contiguo a las carpas, bajaba gritando un hombre y haciendo señales para que esperen su llegada. Llevaba algo parecido a un cajon cubierto con tela negra. Rapidamente se unio al grupo preguntando quien perdió un abogado loco o un revoltoso mal entretenido, que le causaba demaciados problemas familiares porque tenia lastimada una pata y un ala. El hombre penso que era un sobreviviente del deslizamiento y lo llevó a su casa, hasta que lo reclamen. Pero el hombre quiería entregarlo al grupo, de lo contrario la echará a la calle, porque nadie puede creer el carácter del loro loco.

Cuando Paolito escuchó hablar de un loro, dió un brinco con una voltereta y gritando detuvo al hombre, dicientdo: "Señor...señor, es Viviana mi cotorra, es mía, es mi mascota, es toda mía, gracias señor, gracias." El hombre, ante la mirada incredúla de los vecinos, sacó del negro cajon a la desagradecida. Viviana, que no se quedaba callada, decía: "Mal hombre torturados de heridos, ruín, canalla, te denunciaré ante las Naciones Unidas, elevaré mi queja a Cristobal Colon, ahora que estoy libre de ver tu cara."

El buen salvador se dirigió a la multitud: "Vean y escuchen la mala crianza de esta cotorra malcriada." Paolito, feliz con su lora parlanchina. Los otros niños le preguntaban a Viviana, "Viviani, tu viste a Benji? a Jazmin? a Napo?" La cotorra respondia, "como querian que viera, si todo estaba obscuro; pero creo haber escuchado un miau muy lejano." No faltaron las conjeturas, cada persona pensaba a su manera; las más sentatas decian que fue a parar a un almecen de comestibles. En total, Viviana tuvo un final feliz, cuando encontro a su amo.

Los otros niños seguian triste y llorando por sus mascotas que desaparcieron bajo toneladas de barro. La muerte de los perros fué una gran pérdida para la seguridad de la Villa, Benjo y Jazmin eran celosos guardians, orgullosos de sus amos. que imponían respeto y seguridad durante la noche. La madrina Celestina quedó admirada y satisfecha por el sentimiento de cooperación entre ellos, y mirando al cielo prometió abogar por ellos hasta conseguir sus propósitos que poco a poco pasaban al olvido. Despues de agradecer a su benefactora, la despidieron quedando en sus corazones el recuerdo de haber pasado con ella un precioso día, al lado de una gran mujer, con nobles sentimientos hacia las personas marginadas por la suerte.

Los paises vecinos que también colaboraban en casos de desastres, espaciaban las donaciones. La gente se encontraba desesperada; las mujeres necesitaban privacidad para preparar los alimentos, bañar a sus hijos, hablar con la familia en fin hacer una vida hogareña normal. Buscaban riachuelos para lavar la ropa. Eran presas del nerviosismo. Lloraban y pedian solamente una casita aunque esta fuera con techo de cartones, como las que tuvieron, ahí sobrellevarian mejor su desgracia.

Despues de un tiempo de coversaciones, de público a personeros de estado, llegaron a las imposiciones, en las que los damnificados ganaron, y los niños retornaron a sus aulas escolares. Pero, ahí estaba el pero, todos los dias los chicos llegaban a la escuela contentos de ver a sus maestros y compañeritos, pero como a la media hora, les invadia una terrible depression. Unos dormian, otros lloraban reclamando a sus padres. Hasta que el director se vió en la necesidad de solicitar al ministerio de educación un médico permanente. Era doloroso que excelentes muchachitos, antes de la tragedia, se veian orgulloso de estudiar, esperanzados en un mejor futuro, ahora hayan caido en ese pozo negro y profundo de la depressión. Pero los doctores tenian la esperanza salvadora en sus manos y el remedio salvador en la mente. El destino de los chicos estaba marcado por esa temporada. Con dificultades, salian de un apuro y caian en un problema.

Ahora el problema era inquietante en casa de Paolito. Los chicos y más las niñas ya estaban asustadas. Viviana sorpresivamente perdió el sueño durante las noches de lluvia, peor cuando habia truenos, pues ella salia volando y gritando una tragedia, diciendo: "Corran, corran que el cerro se nos viene encima, corran,,, corramos hermanos, evitemos que el cerro nos aplaste. Las secuelas del deslizamiento hacian presa en ella, torturando su mente. Un día nublado, se escucharon truenos cerca al cerro. El pánico se apoderó de la pobre cotorra, que casi le viene un síncope. Ella disparó de casa, como ahuyentada por un espanto. Volaba escandalizando más que alertando a la vecindad. A su paso vió que Supermán dormia plácidamente, pues pasó la noche en vela ahuyentando a los ratones. No le importó el sueño, ni el trabajo de su vecino. Ella queria salvar a su amigo y lo hizo a su manera, de tremendo picotazo en plena oreja. Viviana confundia el ruido de los truenos con el ruido del derrumbe. Pobre cotorra parlanchina, jamás olvidará mientras viva.

4 Se acercaba la época lluviosa y reinaba la incertidumbre en la Villa. Los vecinos fijaron fecha para reunirse con el presidente de Santa Clara, aunque no tengan cita, ya que su gabinete mostraba poco interés en cosas tan importantes para su comunidad. La gente se organizaba para una huelga de hambre, si no encontraban solución al problema. Y los damnificados de aquel cerro de escombros respondian, siendo duros como una roca y firmes como un roble, frente a las adversidades que les presentaba el destino.

La señora Celestina, enterada de la desesperante situación de los vecinos, se brindó acompañarlos a las respectivas oficinas a discutir respecto a los tramites. Ella, muy molesta, dijo con seguridad, "a ver quien gana esta vez, las autoridades o nosotros." En ese interin, como atraidos por un Hada, llegaron a la Villa tres vecinos que estuvieron ausentes durante la tragedia: Oscar, Juan y David, antiguos vecinos que tenian sus hogares bien cimentados en Villa Bonita. Ellos, para mantener su categoría de empleados independientes, dejaban su hogar por muchos meses, trabajando siempre juntos desde chiquillos abriendo senderos para caminos carreteros y de esa manera ayudar con su grano de arena, llevando el progreso inclusive a otros paises.

La gente los conocia como a Señores Ingenieros. Los recién llegados eran cooperadores, educados y respetuosos con los vecinos. Se negaban a dejar Villa Bonita, por la seguridad de la vecindad, habitada por gente humilde y decente. Llegada de los ingenieros, con la alegría reflejada en el rostro, entraron a las cercanías de la Villa ignorando lo ocurrido en sus hogares, pues nadie los informó de la tragedia que sufrieron sus vecinos y familiares. En el lugar, en vez de casas encontraron grandes cantidades de barro seco amontonado. Estuvieron al borde de un desmayo y solo repetían "Santo Cielo...Santo Cielo, que pasó aquí? Donde está mi casa, y la mía y la mía, y mi familia?" Así repetían los tres hombres. De aquellos formidos y bien plantados varones, solo quedaban su sombra, como si el destino quisiera burlarse, castigando el desafio a la audacia de los temerarios trabajadores de empinadas colinas y desiertos pantanosos.

El motivo de la ausencia de Juan, Oscar y David era razonable. La entrada a la Villa fue la más dolorosa de sus vidas. Perdieron la voz ante la sorpresa de ver la desolación de su querido pueblo. Por señas, preguntaban de sus hijos. Los vecinos les brindaron toda su comprensión y fueron enterados de la tragedia que sufrió la familia durante la ausencia de los ingenieros, pero todos estaban bién; unos a otros ayudaron en los momentos críticos. La llegada de las esposas é hijos les hizo el milagro de hablar, y uno de ellos dijo, "si estamos vivos, tenemos todo, somos gente de trabajo y volveremos a adquirir lo perdido y mucho mas," y luego, "no lloren, aquí estamos para trabajar hombro a hombro, hasta reconstruir nuestro limpio y alegre vecindario." Además, dijeron, "desde ahora no tenemos tiempo para descansar, a trabajar, hagamos una reunion, hagamos planes a corto y largo plazo, en fín ya veremos en su momento."

Los ingenieros comentabab: "También nos hablaron de la madrina Celestina: "A ella la incluiremos en el grupo. No tenemos aun el honor de conocerla, pero por lo que ya sabemos es una mujer de agallas." Durante la visita al Palacio de Gobierno, cada uno presentaba el motivo de su presencia y necesidades mas apremiantes. Cuando se presenta don Juan, David y Oscar, lo hicieron como exploraradores profesionales desde su juventud. Las autoridades se sorprendieron ante el conocimiento de a quellos hombres, grandes conocedores del suelo patrio. Los empleados del gobierno ignoraban la existencia de su propio suelo y rios que existian en el bello pais que ellos conducían con tanta arrogancia. Sin darle credibilidad a los argumentos y ruegos de los vecinos, finalizaron la reunión.

Concluida la entrevista, como ultimo recurso, de entre la multitud, salió una vocecita de niña y dijo: "Perdonen ustedes, nadie me invitó a venir, pues yo sola nomas lo hice por mi cuenta. Perdón señor Presidente, le pido un último favor. Escúcheme por su mamacita se lo pido, talvez ella ya esta en el cielo. Alguna vez usted a sido niño, pero nunca ha pasado pobreza como la nuestra. Los chicos de mi zona no tenemos agua para beber, menos para nuestras necesidades, y no tenemos casa, solo un cuarto que compartimos con otra gente. No podemos concentrarnos en el trabajo de la escuela. Pido perdon a usted y a mis mayores, por venir sin permiso a hablar con usted. Nadie me toma en cuenta en mi barrio, porque todavia estoy chiquita. Pero, ahora que tengo el honor de conocerlos, los invito a visitar Villa Devastada, a ver con sus propios ojos la situación que pasamos."

La niña vestia ropa muy gastada, pero limpia, y el Presidente la sorprendio, preguntándole su nombre. "Gabriela, señor., Gabriela," y echo a llorar amargamente, con palabras entre-cortas por el llanto decía: "Lloro por los niños, por sus padres y por mi anterior barrio perdido, y convertido ahora en un barrio devastado." Los delegados de la zona pidieron perdon a las autoridades. Como despedida se escuchó una voz potente, "Esa es mi haijada!!" Era Celestina. El gobierno de Santa Clara prometió a Gabriela visitar Barrio Devastado lo más pronto posible.

5 En dos semanas cumplió el compromiso contraido. El gobierno de grandes masas, acostumbrado a ser recibido por importantes comitivas, caminar bajo arcos de vistosas flores, se vió ahora caminando entre barro y deshechos, mudos testigos de la naturaleza sorda y dura que azotó la Villa. Los vecinos, pobres, pero con mucha dignidad, acompañaron a su excelencia señor Presidente de aquel país, enseñando en lo que se convirtió su buen cuidado barrio. Luego se habló del cambio de vida de los niños. Todo lo que el Sr. Presidente vió y escuchó, le afecto tanto al mandatario que se quejó de un fuerte dolor en el lado izquierdo del pecho. El hombre, padre y amigo de la gente necesitada, miró al grupo y dijo: "Les llegará la ayuda lo más pronto posible, lo prometo yo, se los prometo. En quince días quiero verlos nuevamente en mi despacho, y decidiremos este problema, que será resuelto en el palacio. Quiero ver al grupo anterior, los tres exploradores que integraron la comisión."

Ellos preparaban las solicitudes con más conocimientos de la tierra del pais. Los exploradores, desde que se conocieron con sus amigos y formaron Villa Bonita, zona de gente necesitada de recursos, soñaban dejar un legado a sus vecinos y descendientes. No en vano les llamaban los exploradores; ahora era ocasión de hacer honor al nombre. De pie, junto al gobierno y colaboradores en diferentes carteras, los exploradores expusieron sus ideas, siendo estas las más aceptables, aunque tomarían más tiempo en concretarlas, pero parecían las más seguras y viables. Ellos conocian un extenso valle, muy lejano, con aguas propias y limpias, terrenos vírgenes, aptos para la agricultura. Querían construir un pueblo en un futuro no muy lejano, pués era el sueño de los exploradores.

Decían los exploradores: "No somos ingenieros, pero conocemos la forma de hacer ese clase de trabajo, lo hicimos durante años. Si usted Sr. Presidente y su gabinete nos ayudan, nosotros haremos algo que pase a la historia el periodo de su gobierno y mas el nombre suyo será un orgullo para Santa Clara. Las futuras generaciones contaran con un pueblo moderno y talvez más adelante con una próspera ciudad. Nosotros trabajaremos como sabemos hacerlo cuando es necesario." Y, continuaban: "Claro señor Presidente usted y su gabinete tendrán que decidir la situación mediante un decreto y nosotros, hombres, mujeres y niños, prometemos sacrificarnos para comenzar la titánica labor. Ahora, Sr, presidente usted dirá la última palabra y con ella nos devolverá la vida, la confianza y la illusión en un futuro que pasará a la historia. Que Dios permita sean hombres patriotas, trabajadores, querendones de su tierra, y aun hombres que saben escuchar, inclusive a los niños, que no tenían más que sus vocecitas y su llanto, para exponer sus necesidades, frustraciones y también deseos de mejorar sus vidas."

El presidente y su gabinete callaron, y algunas secretarias ocultaban lágrimas furtivas. Los exploradores y el resto de la comisión, inclinaron la frente, bajando los ojos, ocultando la tristeza que les causaba el recuerdo de su barrio destruido. El mandatario después de unos minutos dijo: "Mientras no haya oposición, yo me comprometo a trabajar con ustedes pero, por el momento que se levante un plano provisional de casas individuales. Ordenaré darle prisa a esta emergencia. En lo que se refiere al valle que mensionan, se verá mas tarde, porque es un trabajo serio y a largo plazo. Necesitaremos ayuda hasta del ejército! Es una obra que necesitará grandes capitales, inclusive del extranjero. Estoy pensando que la desesperación los esta conduciendo a pensar poblar un valle lejano, conocido solo por pocos hombres, pero que pasaria si estuvieran equivocados? Yo, como mandatario, padre y amigo, estoy en la obligación de cuidar y orientarlos., y mostrarles la realidad. Ustedes confiaron en mi persona, y yo no quiero darles falsas esperanzas. Primero, los ingenieros y

25

topográfos se encargarán de lotear y levantar los planos de construcción, para luego empezar con los trabajos del pueblo.provisional. Ahora mismo instruiré a mis colaboradores, activaré los trabajos de emergencia para el caserío. Estamos haciendo lo posible por ayudarlos a salir de esta situación tan desesperante y a la vez cumplir con lo prometido."

Concluido el convenio, los vecinos se marcharon, llevando una gran promesa y muchas ilusiones; felices por el comportamiento é interes demostrado por el gobierno hacia la gente sufrida de Villa Devastada, devastada pero con esperanza. Los vecinos quedaron satisfechos por el trato cariñoso del gabinete presidencial hacia los sufridos vecinos de Villa Devastada. Cuando los familiares llegaron a la zona, vecinos y niños gritaron, "ahí llegan y vienen contentos los habitantes de Villa Devastada, ansiosos por comunicarle a su familia los logros obtenidos para la zona ..." y "la comision ... la comisión" gritaron los chicos, "la comisión ha llegado, ha llegado la comision." Les faltaba techo, pero no les faltaba voz.

La gente salió de sus carpas, ansiosas por enterarse de los últimos acontecimientos: "Como les fue...como les a ido? Que ocurrió?" La respuesta fué al únisono: "Bien... bien, muchachos" Relataron lo acordado en la gestión. Los vecinos se reunieron casi en su totalidad y pidieron perdón a los exploradores por haberlos tratado alguna vez de flojos, bagos, ambulantes, sin oficio. Pero ahora cambiaron completamente los conceptos. Los certificados de trabajo que orgullosamente adjuntaban a los documentos de la zona en desastre, indicaban la valiosa experiencia que les dió la vida. Ahora. pensaban disfrutar de unas bien merecidas vacaciones, pero el destino los eligió para que trabajen tramitando las tierras del valle, y aunque no eran muy conocido en la ve vecindad, se ganaron el cariño, respeto y admiración de la gente. El labor que les esperaba dominaba la mente de los tres, la idea de construir un pueblo en el valle. Lograrán hacerlo aunque les lleve mucho tiempo.

Todo volvió a la normalidad, menos la ansiedad de contar con un pueblo moderno en el valle. Para ellos ya era un desafío, hombre contra la naturaleza. Si Dios lo permitía, ese pueblo se convertiría en una ciudad adelantada que disfrutarian las generaciones venideras.

6 No transcurrió una semana, tres valientes vecinos y los exploradores decidieron conocer las tierras del valle y se fueron para allá, decididos a retornar con buenas o malas noticias, pero definitivas. Juan, Oscar y David tenían la obligación de buscar la mejor manera de llegar al lugar, ambicionados sin fines de lucro. Solo nesecitaban tranquilidad y paz hogareña. Por lo pronto deseaban saber si fuera posible construir un caserío, donde la familia pueda tener seguridad, Pues, ellos temían otro derrumbe, esta vez con mayores consecuencias.

El retorno de los audaces viajeros fue alegre y sorpresivo, traían la esperanza reflejada en sus rostros. Ahora sí, llegaban llenos de dulces y frutiferos planes, especialmente para los niños, que imaginaban verlos correr libremente tras una pelota de trapo. Nuevamente castigados por la adversidad, pero ahora más decididos que nunca, emprendieron viaje al valle de sus sueños, que parecía llamarlos con los brazos abiertos en señal de amistad y protección. Los sufridos hombres llevaban en su sangre el pensamiento de abrir a la derecha del camino troncal un sendero improvisado, que conecte con las anheladas y fértiles tierras del valle.

De Villa Devastada se fueron a pie, hasta El Crucero. Alli llegaron tarde, casi anocheciendo. Al día siguiente, a la misma hora del día anterior, reanudaron la caminata monte adentro con el propósito de reconocer el sendero al regreso. Fue arduo el trabajo de ese día, y después de muchos obstáculos, llegaron a un riachuelo, donde se reconfortaron con el agua fría. Aunque perdieron interes por el riachuelo lleno de enormes pedrones, de diferentes formas y colores, el cruceero incómodo y peligroso, pero tuvieron que buscar y acondicionar lo mejor posible.

Con todo y eso, lo bautizaron el nombre de Rio San Salvador. Los pioneros querian dejar recuerdos a su paso, por aquella maraña de arboles, pero en su camino los lagartos, culebras venenosas, y otros animales dañinos no permitian el descuido. Comienza la subida a la cuchilla, terror de los pioneros. Las subidas y bajadas les tomo hasta atardecer. Pudieron llegar a plena loma, lugar del que no se podía subir más. Los damnificados imaginaban encontrarse cerca del cielo, hasta las estrellas parecían más grandes. Con todo lo exahustos que se sentían, se abrazaron, agradeciendo al Señor, porque habian ganado el desafío a la naturaleza.

Hasta conciliar el sueño, los pioneros acordaron Bautizar a la cuchilla, llamandolo Ojo de Alcón; aunque llegar a la cima no hacia honor a su nombre. Pero estando en el sitio, todo era fabuloso, maravilloso, creación de las Hadas. Se extendía a los costados un panorama paradiciaco, que era difícil describir por su belleza. Los hombres se tomaron dos días de descanso, descanso que emplearon para poder construir una cabaña en plena cuchilla o filo de la montaña, que en un futuro protegeria a los cansados viajeros de los peligros que escondía el monte durante la noche. Los exploradores sabian de su trabajo y deseaban hacer bien las cosas. Se dividieron en dos grupos. Uno se encargaría completamente de la cabaña, protegiendo en su totalidad, y el segundo grupo retornaria al Crucero, a estudiar la forma de trasladar las herramientas hasta Ojo de Alcon.

Ocurrió un suceso casi milagroso, acopiando material para la cabaña, uno de los grupos encontró una vertiente de agua dulce, limpia y fría. Les llegó como un premio a la constancia de los pioneros. Ojo de Alcón estaba completo y dispuesto para recibir a sus huespedes. Hasta creyeron que la diosa de las Alturas habia perdonado el atrevimiento de incursionar en sus dominios. En aquel lugar seco é inhóspito, encontrar agua era como una bendición de los dioces.

Protegieron por precaución los contornos de la cabaña. Muy contentos, los tres exploradores y sus acompañantes prepararon la comida, pues el destino los premiaba con una exquisita cena de carne asada. Luego los conocedores del monte expusieron sus planes para el dia siguiente. Y como la primera noche, formaron grupos de vigilancia. Valia la pena para no ser sorprendidos por algo desconocido y peligroso.

A la hora indicada por los guias, reanudaron la caminata. La bajada era tan accidentada como la subida y a ese contratiempo se aumentó que Donato y Victor no se sentían bién y no podían caminar sin una queja ni un reproche. Ellos solo querían llegar y conocer el valle de la esperanza, distante como el lejano sueño de los olvidados. Despúes de muchos tropezones y caídas, con los cuerpos adoloridos, de los que jamas pensaron experimentar enorme aventura. Como a las cuatro de la tarde, llegaron a un río que limitaba con el ansiado valle. Para los que no conocian el lugar, fue un milagro, los hombres se creían dueños de inmensos terrenos, aunque ignoraban que escondía aquella intrincada selva.

La Madre Naturaleza les regalaba un río, como premio a la constancia y sacrificio no solo de los exploradores. La buena madre abria sus brazos para recibirlos en su seno a seis pioneros y declararlos Hijos Predilectos. Hasta ese momento ignoraban lo que sus tierras les escondían, para el descanso de su futuro. Desde ese momento ella los bendecía, con la mayor de las suertes, especiamente el río, que brindaba a los forasteros aguas dulces, cristalinas, amplias, y playas piedras de varios colores.

No era vano el sacrificio de los damnificados. Se revolcaban en las limpias arenas, levantando los brazos al cielo, agradeciendo por el milagro a los exploradores, a Dios y la naturaleza. Con la emoción del momento, olvidaron de la comida y hasta el tiempo se les fue rápido, mirando todos los detalles que les llamaba la atención, como hipnotizados. Luego, con todo optimismo, hicieron su entrada al valle, ya conocido por Juan, Oscar y David. Allá, en el anterior lugar, prepararon la carpa, en la que hicieron turnos, nuevamente velando la seguridad de sus compañeros dormidos, pues la precaución no estuvo de más.

Esa noche tuvieron visitantes. Unos traviesos y bulliciosos monitos querian defender sus dominios y no compartir las viandas con los forasteros. Pasada la cena, Hector, profesor egresado tomó la palabra: "Somos personas conscientes, prometemos defender estas tierras que ambicionaran los adinerados, que a costa de nuestros sacrificios son nuestras y patrimonio de nuestros hijos y de la gente necesitada. que expuesta a los peligros vendrán a poblar este valle. Nos tomaremos la libertad de seleccionar a las personas trabajadoras, honradas, sencillas, caritativas y cooperadoras." Y continuaba, diciendo: "Los vecinos antiguos del Valle Devastado estamos acostumbrados al trabajo. Por ejemplo, desde que tuve uso de razon, escuché que mis padres y abuelos, carecian de dinero. Vivian como desesperados, trabajando fuerte, para darnos una profesión, implorando mejor suerte para sus hijos. Tuvieron la dicha de tener cuatro profesionales en su familia. Tres se marcharon al extranjero, en busca de mejor suerte. Solamente yo me propuse cuidar de mis ancianos y cansados padres, sacrificarme para que mi familia esté bien."

Temprano recorriron el valle, eligiendo lugares apropiados para, por ejemplo, la Iglesia. El primer viaje de los damnificados era mas que suficiente, teniendo en cuenta las incomodidades del monte, que les afectaba en la falta de costumbres, de la alimentación. Los pioneros dejaron volar sus ilusiones, pero para cruzar el rio sin riesgos era de inmediata necesidad construir un puente entre la cuchilla de Ojo de Alcón y el valle. Según ellos no olvidaron detalle alguno, tampoco sufrieron mayores consecuencias, aparte de picaduras de algunas garrapatitas; nada importante, pués todo fué de una maravilla.

7   Para la llegada de la comitiva, Valle Devastada se vistió de gala para recibir a los héroes, descubridores de una illusión que, al realizarse, se convertiría en una salvación para los marginados de la suerte. Hasta la señora Celestina se trasladó a la Villa, llevando unos exquisitos postres, para endulzar el retorno de los exploradores. Ella aseguraba que hacer un pueblo, como ellos quierian, era tarea de gigantes y expresaba su verdad sin prejuicios ni miedos, diciendo: "Ya estoy vieja y no temo a nadie, ni a mi presidente, al que respeto como a mi padre." El profesor Hector opinaba, "si queremos conseguir nuestros objetivos, tenemos que ahorrar mucho; centavo con centavo. Estas palabras van también para los niños. Ahora sí que estamos obligados a una tremenda austeridad. Con la ayuda de Dios, nuestro presidente, y nuestro esfuerzo, trabajando todos juntos, saldremos bién de este abismo que quiere tragarnos."

Mientras las mujeres y niños imaginaban adornar a su nuevo pueblo, los hombres empleaban su valioso tiempo en cosas mas fructíferas. Ellos reportaban sus experiencias ocurridas en el Valle y las autoridades demostraban especial interés en ayudar a las víctimas de ta maña tragedia. El Ministro de Guerra prometió a la comisión que en noventa dias saldria el primer grupo de soldados, guiados por los conocedores del trayecto, entre el Crucero y el Valle, porque los exploradores serian de valiosa ayuda en la demarcación del pueblo. Ellos traerán un informe profesional, con planos completos de acuerdo a la región, planos bien definidos. "No desconfíen," decían, "esa obra sera un hecho, mientras el estado lo permita y el señor presidente siga en el gobierno. Ustedes saben que en ese aspecto no hay seguridad."

Andres dijo: "Ahora que todos los vecinos de Villa Devastada estan presentes, tengo la oportunidad de dirigirme a ustedes y con todo respeto presentarles a mi hijo Jason y sus mascotas, para darles a conocer que mi niño es traductor del lenguaje de animales.   En otra ocasión les narraré   los pormenores de su aprendisaje.   Mi niño tiene   nueve años y espero la demostración que desea hacerles.   Es Jason, en la Villa todos lo conocen y les agradesco por la atención que le brindan."

Y Jason con su vocecita gritó: Supermán, y le hablo en un idioma desconocido.   Le dijo al gato: "Ven que quieren conocerte   y   conversar   contigo,"   y   el   gato   dijo, "miau...miau..miau," lo cual Jason, sonriendo, tradujo así: "Dice el gato, Señores y Señoras, mucho gusto en conocerlos, estoy contento, al fín tengo el honor de ser tomado en cuenta por ustedes. Mi amistad es incondicional de la que era Villa Bonita, aunque yo sigo trabajando con el mismo empeño. Mi nombre es Supermán para servirles a ustedes, y ahora a Villa Devastada, miau miau." Ahora les presento a Marcelina, dijo Jason, mama pata, madre de tres patitos, pequeñitos aún. Marce, salude al pueblo." Mamá Pata abrió sus alas y dijo, "cua...cua...cua...cua." Jason le explicó que el público queria saber a qué se dedicaba, y ella respondio en su lenguaje: "A cuidar y enseñar el aseo a mis hijitos y a los niños pequeñitos. Con ejemplos les enseño buenas costumbres, por ejemplo a lavarse las manitas y bañarse a diario. Mis hijos se llaman Donato y Daysi, la otrita murió sepultada por el ataud." Con una alita se limpió una lágrima que le arrancaba el recuerdo de aquel trágico dia. "Gracias señoras   por escucharme.   Si necesitan que les cuide a sus pichoncitos no vacilen en traerlos a casa. Mi alma es un pan de Dios. Gracias vecinos."

Le tocaba el turno a Viviana, Jason dijo: "Sálvese quien pueda." Como si la Guacamaya adivinara, habló, "y cuando me toca hablar a mi? No quiero meter la pata ni el pico, así que preséntame muchachito o quieres que yo lo haga?" Entonces dijo, "bueno...bueno, soy Viviana, la Guacamaya parlanchina; es que yo digo las verdades. Nací en Matto Grosso, capital del

Brasil. Hice altos estudios universitarios y me gradué de bailarina. Soy una cotorra culta, aunque me digan parlanchina. Vecinos, no mefelicitan? Que descortesía!" Sacudió sus alas y voló a su arbol, diciendo: "Adios mal educados, analfabetos incultos." Y añadió: "A mi no me gusta discutir, sinó discurrir primero, ja,ja,ja,ja."

El profesor Andres era el mas orgulloso del grupo, pero Jason parece que se encogió por la verguenza que le hizo pasar la cotorra, al fin parlanchina. Los vecinos estuvieron muy satisfechos con el talento del niño prodigio, que era un orgullo o milagro para los vecinos. La gente pudiente, enterada de la inteligencia del chiquillo, ofrecia adoptarlo o conseguirle una beca, pero con el compromiso de un reconociento, como hijo légitimo. Cada oferta era una ofensa, para el chiquillo y para los padres del niño. Se negaba a separarse de sus padres, vecinos y de su adoraba Villa, aunque devastada. Sus mascotas lo necesitaban, ahora mas que nunca y le preguntaba a su mama: "Mami, porque antes no me queria la gente rica? Ahora quieren llevarme a vivir a su casa, pero yo no voy!"

Despues de tres dias de meditación, la comisión de Villa Devastada se dirigio al palacio, buscando resultados favorables a sus intereses. Juan, David y Oscar encabezaron el grupo. Allá tuvieron la sorpresa jamás esperada. Uno de los jefes les dijo: "Pasen a la oficina contigua a recoger sus cheques. Desde hace tres meses se fijaron empleados, pertenecientes al grupo de ingenieros, que trabajaran en el Valle, que gracias a ustedes fue descubierto. Tenemos como trecientas familias inscritas y ansiosas de poblar la región, hombres dispuestos a trabajar con ustedes. Hermanos, tengamos paciencia y fé en la palabra del gobierno porque es dficil comenzar una obra de tamaña magnitude y nosotros ya lo hicimos, gracias al favor de Dios y al trabajo de ustedes." La comisión retornó a la zona, con una alegría indescifrable. Los niños cantaban y bailaban. Ellos sentían estar en su propia casa. Inclusive Viviana, que hablaba un poco de Español, cantaba, segun ella, en idioma internacional.

Las mascotas prisioneras se liberarian para correr y jugar libremente. Los padres de los chiquillos siempre intercambiaban opinions referente al tema del dinero, pero sobresalía la esperanza y disposición optimista de los vecinos afectados. Aunque fuera una tarea de titanes, por lo menos intentarían cumplir el compromiso con su familia y las autoridades del gobierno. David, Oscar y Juan fueron contratados por el Batallon de Ingenieros para ser guias en esos montes y conducir a los soldados que los jefes les asignaron. Al finalizar el tercer mes, los tres amigos fueron citados para conducir a los muchachos hasta el Crucero, lugar del encuentro con los jefes. De ahí, empezar la expedición militar.

8 Despues de inspeccionar el sendero y comprobar la estabilidad de la tierra, dieron luz verde a la construcción de un camino que en un futuro próximo seria en nexo y emporio de una tierra abandonada, en un floreciente pueblo. Primero, ensanchar el rústico sendero y trasladar las herramientas pequeñas hasta el Rio Salvador. De ahí, para llegar al rio, tenian que vencer lugares inaccesibles y cuidarse de culebras venenosas, garrapatas, tábanos, sancudos y otras clases de insectos que pueden causar enfermedades. Cuidarse de esas alimañas y ensachar la senda a la vez, para llevar carretillas, alimentos, agua, picos, palas, hachas, machetes -- en fin herramientas pequeñas que eran indispensables para abrir un sendero en monte virgen y luego conducir las carretillas.

Al puesto de cada grupo, los jefes formaron tres grupos. Cada grupo comandaba un explorador y su ayudante, ambos conocedores de la zona. Los tres grupos tenian la misión de llegar juntos al Rio Salvador, en el tiempo que fuera necesario. De ahí, dos grupos a Ojo de Alcón, para avanzar el tiempo. Luego formando un grupo a seguir hasta el Rio Tres Amigos y al Valle. Las personas que no conocieron esa selva plagada de reptiles venenosos jamas imaginaran la odisea que tuvieron que pasar los pioneros y trabajadores. El grupo mayoritario se concentró en el lugar elegido para la formación del pueblo.

La entrada al Valle y toda la obra disponía con más de un centenar de trabajadores, siempre divididos en grupos, estos aparte de los obreros enviados por el gobierno. El desmonte se extendía a millas y millas, listas para empezar la construcción del bello y deslumbrante pueblo, surgida de una selva abandonada. No se imaginaban las dificultades que vendrían, todo por tener un techo propio para brindar a sus familias. Los jefes habian separado a su gente para el desmonte de aquella maraña de arboles que se extedía a muchas millas, con el propósito de construir el nuevo pueblo, con capitales de grandes inversiones, especialmente en madera y agricultura.

Llegaron rumores de la ciudad. Juan, David y Oscar, un tanto molestos, comentaban que ellos se han sacrificado para que los vecinos vivan de su trabajo y los niños tengan la libertad que siempre les faltó. Mas adelante, veran las posibilidades. Entendian que para eso eran hermanos y juntos cumplirían sus ideales, y así dejarían ejemplos a sus hijos. Trabajarian como esclavos para inculcar buenas costumbres, trabajo y honradez a sus retoños.

Los jefes formaron grupos de trabajadores de acuerdo a sus especialidades, siempre acompañados por un conocedor de aquella selva abandonada, que parecía tener un destino sin esperanza. Al tercer grupo le correspondio instalar sus carpas, a orillas del Rio Tres Amigos. Ellos se encargarian de la construcción del puente que lindaba con el Valle. El segundo grupo avanzó del Rio Salvador a Ojo De Alcón, y el primer grupo del Crucero al Rio Salvador. Los jefes militares armaron los grupos para que haya igualdad de trabajo.

En el Rio Tres Amigos, lugar de reunión de trabajadores y jefes militares ahora deberan nuevamente armar el rompecabeza para continuar la siguiente etapa de su obra, levantar los planos del pueblo. En el diseño y la construcción del puente, trabajaron los Norteamericanos. Aunque carecian del material nesesario, hacian lo que podian, pues el optimismo, buena voluntad y respeto que inspiraban los damnificados les inyectaba inmensos deseos de colaborar con la gente necesitada.

Con mucha pena los obreros tuvieron que suspender la obra, dejando inconcluso el puente sobre el rio Tres Amigos. Pero, como recuerdo, los extranjeros deseaban darle un nombre en su idioma natal y los vecinos aceptaron gustosos de tener un recuerdo de las personas que trabajaron en la creación de un pueblo que pasará a formar la historia de Santa Clara. Uno de los extranjeros ofreció una botella de champagne y todos los americanos, a una voz dijeron: "Desde hoy, tu nombre será Liberty Bridge."

El simpatico y ejemplar acto le toco el corazon a un jefe nacional y habló de esta manera: "Hay un convenio entre gobiernos y empresas para continuar el trabajo, desde el Crucero hasta el Valle. Tengamos paciencia y por el momento ensanchemos el sendero que tenemos. Entre todos hicimos un trabajo de titanes y ya veran lo que tenemos adelantado. Esta tarde tendremos el orgullo de llegar por fin al ansiado Valle." Y así fué, ya en las tierras que eran un regalo de los dioses, quedaron sorprendidos, asustados de mirar cantidades y cantidades de maderos cortados apilados en forma de surcos, ramas de arboles centenaries, retoños, yerba pequeña hacinada en todo lo que los explorado resdiseñaron anteriormente para la plaza y alrededores.

La gente no tenia idea por donde continuar el trabajo, los deshechos impresionaban por la cantidad. Pero los jefes sabrian dirigir acertadamente aquel titanico revoltillo porque los muchachos se sentian perdidos, pequeños, una nada, frente a tremendo espectáculo nunca visto en su vida. Los exploradores, jamas vieron tanta madera junta, ni conocieron montes tan frondosos. Los jefes, conocedores de idénticos lugares, ordenaban continuar el trabajo porque era un mandato recibido de altas autoridades gubernamentales, compromisos responsables que como militares ellos estaban dispuestos a cumplir las ordenes de sus jefes inmediatos y lo cumpliran con la ayuda de los que trabajaban con ellos.

Juan, Oscar y David toda vez que conversaban con los vecinos de Villa Devastada les pedian paciencia, diciendo: "Pronto cambiará lo nuestro y ya lo veran amigos de infortunio." El trabajo era arduo, el cansancio agotador; el hambre, la sed complotaban para que el más valiente se rinda, pero no faltaba un amigo que le inyecte esperanza en un futuro cercano. Decian: "Lo más duro ya está vencido. Miremos la belleza del paisaje. Nos invita a quedarnos. Miren la gama de sus lindos colores que nos regala el atardecer. Escuchen el canto de los pájaros que nos invitan al descanso. Los que estamos en mejores condiciones, prepararemos los alimentos, y ustedes descansen. Mañana temprano limpiaremos, requemaremos, y barreremos el espacio seleccionado de acuerdo a nuestras necesidades y planes."

El trabajo se presentaba difícil por falta de herramientas, las carretillas y motosierras no daban abasto. Con la llegada de otro grupo de soldados, lo que parecia un imposible, fue tomando forma tangible, alentadora, emocionante y se puede decir, milagrosa forma de un pueblo regado con el sudor y lágrimas los habitantes de barrio devastado. Agradecian al cielo, al Presidente y a toda la gente buena que hizo posible un sueño de las personas necesitadas de aquel barrio que habia caido en desgracia. Tal vez la naturaleza premiaba la resignación de las madres, que soportaron el castigo enviado por ella, marcando la vida de aquellos chiquillos, inclusive de algunas mascotas como la de Viviana la cotorra parlanchina.

9 Retorno del Valle con la llegada de algunos vecinos del pueblo en formación, surgieron muchos comentarios que preocuparon a los vecinos de Villa Devastada. Un grupo de potentados economicamente codiciaban las tierras descubiertas en el nuevo Valle. Enterados los damnificados de ta maña injusticia, se presentaron ante el gobierno a exponer sus derechos. Los hombres endurecidos por la adversidad y ahora por el rudo trabajo, se apresuraron en formar su propia associación de defensores del Valle. Ahora, defensores del Valle, contra los adinerados oportunistas que recién aparecieron ofreciendo ayudas que jamás cumpliran porque ellos serian los primeros beneficiados, con el trabajo ajeno.

En los sufridos vecinos no habia egoismo, pero querian justicia y asegurar a su familia. No les importaba el sacrificio, total ya estaba hecho, pero necesitaban algo seguro. La reacción de la niñez en desventaja, corrió como reguero de pólvora. Los mas osados se lanzaron a la calle en busca de la señora Celestina, con el propósito de buscar ayuda y conseguir trabajo. Querian ganar algun dinerito para aumentar al menguado capital de sus padres. Inocentes criaturas de Dios, pensaron que con eso se resolveria la preocupación de su familia. Corazones tiernos que la suerte los acompañe.

Doña Celeste, llamada por cariño, habló con los chicos y prometió ayudarlos de acuerdo a la edad de cada uno. Pidió dejarla pensar hasta el día siguiente, asegurandoles que siempre hay un mejor mañana cuando se tiene optimismo y buenas intenciones. Al día siguiente, doña Celeste les dio una fecha para visitarlos en Villa Devastada, pero antes quería hablar con el profesor Hector, que también pertenecia al grupo en desgracia. Los niños de ambos sexos, reunidos en una pampa, que ellos llamaban Sala de Conferencias porque era el único lugar donde los vecinos se reunian o recibian visitas con un poco de comodidad y libertad para enfocar cualquier problema de la vecindad.

Llegó la señora Celestina. Los niños la recibieron con aplausos y un vaso de su refresco preferido, limonada bien helada. A la vez se acercaba el profesor Andres. Después de los saludos de rigor, habló doña Celestina y dijo con propiedad, serenidad y firmeza: "Profesor Andres, estos niños necesitan nuestra ayuda y dirección; yo como familiar de Villa Devastada dí su nombre sin su permiso. Espero no haber molestado a su digna persona. Profesor, quisiera su respuesta para continuar esta reunion." La respuesta del profesor fué: "Señora Celestina, para mi será un honor trabajar con estos niños, porque yo sé lo que es sufrir necesidades, puesto que pasé mi niñez rodeado de tremendas privaciones." Y a los niños, les dijo: "Cuando ustedes sean grandes, les contaré mis confidencias. Ahora yo me brindo a trabajar por Villa Devastada y a los niños que necesiten mi ayuda, la tendrán."

Celestina, complacida, como respuesta dijo: "Bueno... bueno, ahora vamos al grano." Ella era mujer de pueblo, valiente, trabajadora, de expresión florida, franca, sencilla. pero emprendedora y directa. Dijo: "Don Andres, usted encárguese de los chicos que yo me hago cargo de las niñas, cada quince dias nos encontraremos aquí, para analizar el trabajo de los chicos y estimularlos como merecen. De las muchachitas, yo me encargo. A las niñas les decía: "Niñas, el tiempo es Oro, hay que emplearlo de la mejor manera, para nuestro beneficio, manos a la obra mis bellezas. A ver...a ver, Chavela, Jullita y las niñas vengan, vengan, acérquense, voy a impartir las ultimas instrucciones a las responsables del grupo de mis queridas joyas." Y después dijo: "Chavela y las niñas confeccionarian ropita y juguetes para muñecas y venderian en una feria, cercana a la Villa Devastada. Jullita y niñas venderian limonada, colocando una mesa cerca a los juguetes, y de esa forma cuidarian la fructifera y ansiada venta, que para ellas seria un dineral."

Celestina vió la conveniencia de formar otro grupo de ambos sexos y que lleve el nombre de Corporación de Niños Associados - con capital propio, que ahorraron limpiando zapatos en las calles céntricas y plazas de la ciudad. La limpieza de calzados les insentivo el optimismo a seguir sacrificando, ganando dinero para comenzar su pequeña empresa, bendecida por la suerte que gracias al empeño de sus frágiles bracitos y a las palabras "la unión hace la fuerza" pudieron adquirir material de mejor calidad.

Celestina, Andres y Hector aseguraban que las manualidades por una parte desarrollaba la inteligencia de los niños y por otra aseguraria el futuro de los niños, porque a mayormente ese trabajo es para adultos, ya que les aseguraba un oficio para la vejez. A todos los niños se les asigno un oficio. Las directivas quedaron completas y ahora era el afán de encontrar trabajitos, que en Santa Clara, con la devastación, no faltaban.

Para los inquietos muchachitos, pocas cosas eran imposibles, ya encontraran algún trabajo de acuerdo con su edad. Comenzaron con artes manuales. El profesor les enseño un arte con futuro, en una arcilla especial, color rosa viejo, con matices azulados, llamada greda, con paja picada y amasada, era moldeable y expuesta al sol, resistente al agua. La especialidad de los niños eran los floreros, maceteros, decorados con motives de la antiguedad, animales lejendarios, cuadros guerreros, flores matizadas con precosos colores, arcoiris de una belleza incomparable.

Los chicos, gracias a sus instructores, gozaban de una selecta clientele. Las creaciones y pinturas aportaban con buenas ganancias a la Corporación. Lo que un día fue tomado como una distracción, se convirtió en un oficio lucrativo, gracias a los profesores Hector y Andres. La familia de Villa Devastada admiraban la paciente iniciativa de aquellos dos señores maestros que el destino puso en su camino. A las niñas les fue muy bien en sus ventas, pero mas empeñadas en la venta de limonada y gelatina. La ropita de muñecas tenia su venta pero más lenta.

Los muchachos que visitaban la feria tomaban y tomaban limonada. Con el propósito de mantener conversación y hacer amistad con Chavela o Jullita, y la inteligencia de las muchachas les procuraba mas ganancia. Chavela cambió el estilo de vestuario de las muñecas, desde ahora enseñaria a las niñas a preparar el ajuar de novia, de fiesta, mas el ajuar de recien nacido, bautismo y otra ropita de catálogo. Ella enseñaba y a la vez aprendía que con el cambio de estilo, se convirtía en una atracción nunca visto en muñecas, lo que las señoras, admiraban era la iniciativa, maestría, y paciencia de las instructoras. Pero no todo era alegría y triunfo para los niños. Ellos también sufrian decepciones y amargas frustraciones cuando las personas mayores se burlaban de ellos, sin considerer la sencibilidad de los muchachos, aunque aseguraban que no les afectaba en lo mas minimo al entusiasmo de los valientes chiquillos. Las escuelas finalizaron el trabajo por vacaciones de fín de año. Día esperado por los ansiosos chiquillos, para tomar otra actividad mas lucrativa, que ofrecian mejores alternatives.

10 Despues de semanas en el Nuevo trabajo, tomaron seis dias de descanso para luego pensar seriamente en algo que rondaba la mente de uno de los chiquillos. Y sin pérdida de tiempo en distracciones, convocaron a una reunión de importancia, para hablar respecto al acopio de cajas vacias de carton. Las tiendas con mucho gusto les donaban las cajas y algunos empleados comprendiendo la necesidad por la que atravezaba la zona, les obsequiaban clavos, goma liquida, y cinta adhesiva para pegar. Antes de recibir las donaciones los chicos eran sometidos a interrogatorios por desconfianza o burla de algunos empleados. Los chicos eran pobres, pero decentes, de costumbres sanas y de hogares con buena moral. Sus padres les repetian como un credo: "Somos pobres pero limpios, no tenemos malos antecedentes ni vicios, eso siempre recuerden ustedes; en nuestra pobreza somos felices de saber que nuestros hijos estan criados en la moral y son un buen ejemplo en el barrio." Pero a los chiquillos les lastimaba algunas palabras injustas de los empleados. No de los dueños, porque ellos sabian tratar a los niños en desgracia.

La mañana estaba nublada, el aire pesado, húmedo, algo raro se nota en el ambiente. Que sera? Los chicos acordaban algo para pasar el día: Viviana salió a su paseo matutino y se detuvo al escuchar unos quegidos que salian de la casa de don Moises, el zapatero, y la cotorra le pregunto: "Que te pasa? Estás enfermo? Oh caracoles, estas ardiendo, tienes fiebre; espera, espera no te mueras" y salió volando a pedir auxilio. "Vengan...vengan, que don zapatero se muere, dense prisa muchachos, corran ...corran." Chicos y grandes corrieron a ver lo que pasaba. Moises apenas podía hablar con la terrible fiebre que abrasaba su cuerpo. Aun así, el paciente haciendo un esfuerzo dijo: "Muchachos les dejo mis herramientas, para que trabajen y mantengan a su familia. No descuiden el estudio, también la obediencia en los niños es importante, el respeto a sus mayores, la cooperación, y la gratitud son reglas que tenemos que conservar en la vida."

Los chicos lo abrazaron y preguntaron a don Moises desde cuando estaba enfermo.   Porque no habló, una muchacha dijo: "Esta receta porque no se la compró? Seguro no tuvo dinero." Los chicos corrieron a la Botica de Santa Clara a conseguir las medicinas. Las muchachas buscaron a doña Celeste para pedirle a algún consejo, creyendo que don Celestino se les moria. Pero el empeño de los chicos tuvo buenos resultados.   En una semana el paciente mostraba señales de mejoria y al fin se sanó. Don Moises era persona de gran utilidad para Villa Devastada. otro momento de gran felicidad. Fue un sueño convertido en realidad, el decreto de un pueblo en desarrollo.

Todos los documentos fueron entregados en el mismo lugar del siniestro.   El pueblo contaba con veinte casas concluidas y varias en construcción. Esta entrega de casas se hizo de acuerdo a un sorteo, que para las familias afortunadas fue un milagro o talvez un premio a la perseverancia, una luz en el camino de aquellos hombres, mujeres y niños, zarandeados por la adversida del dstino y la vida que les impuso la suerte de nacer pobres, pero honrados. Tampoco faltaron certificados de agradecimientos a la señora Celestina y a los profesores Hector y Andres por haber dirigido tan acertadamente las actividades de sus hijos. Algunas personas fueron felicitadas hasta por las altas autoridades del gobierno.

La vida de los damnificados de Villa Devastada se les presentaba muy difícil, tomando en cuenta que los chicos no se imaginaban con lo que se encontrarian en un monte al que debian enfrentarse en la noche y en el dia cuidarse de los insectos sedientos de sangre, en primer lugar los sancudos, lagartos, culebras y otros animales que ellos no conocian. Cuanto más se acercaba la fecha de la mudanza, mayores eran las preocupaciones y responsabilidades de los padres. Algunas personas preferían quedarse en la ciudad, pasando las calamidades, privaciones y pobrezas en que acriaron a sus hijos. Los padres no podian consiliar el sueño, pasando la noche en vela. Pensando el pro y el contra de su situación ante tremenda decisión que acababan de contraer.

El compromiso entre gobiernos y pioneros habia que respetar; aquella monumental, gigantesca obra que pasaria a la historia, convertido en uno de los mejores trabajos en la época gubernamental de Santa Clara. Llegó el momento de formar un listado de los vecinos damnificados, solamente de Villa Devastada, pero no se pudo cumplir el propósito que los dirigentes decidieron. La Villa era pequeña, pero en esa incomodidad se hacindaron en diferentes carpas como unas cincuenta familia ajenas a Villa Devastada; personas que carecían de una vivienda para su familia. Ellos buscaban desesperadamente un techo propio o alquilado para cobijar a sus niños.

En vista del álgido trato recibido de las autoridades, decidieron incorporarse al grupo de valientes pioneros, comprometiendose bajo palabra de hombres a trabajar al igual que los otros fundadores del pueblo. Echos los compromisos, todos como una familia empezaron las obligaciones. Ansiaban dejar la ciudad para trasladarse al Valle. Pero surgió una preocupación. Ahora recien las empresas dirigian sus miradas antojadizas, que como profesionales y con estudios sabrian acrecentar sus capitales. Los residentes de Villa Devastada eran personas humildes con poco estudio y sin dinero para defenderse de las falsas ofertas que la gente rica, pudiente y adinerada ofrecia. Aunque entre ellos existía la ambición y el egoismo, hasta ofrecieron adoptar a niños de padres menos afortunados, con el compromiso de darles estudios.

Inteligentemente, el gobierno se adelantó a la astucia de los industriales. Las autoridades estatales ordenaron la mudanza lo más rapido posible, aunque las viviendas no estuvieran terminadas. El Valle deberia ser habitado por los vecinos de Villa Devastada. Se convocó a una reunión general, inclusive niños, reunión en la que todos demostaban el interés en la mudanza. Los mas sacrificados levantaron la voz para decir, "nos quitaran los terrenos pero antes muertos!"

Juan, David y Oscar se dirigieron a los pioneros para decirles, "si los ricachones ambicionan el Valle, correrá nuestra sangre a juntarse con las aguas del Rio Tres Amigos, sangre inocente, trabajadora y leal. Señoras, amigos, niños, preparemonos para el éxodo. Afortunadamente, los niños estan en vacaciones de fin de año y ellos atenderan a sus mascotas." A los chicos les dijo, "desde mañana ustedes se encargarán de las casitas de las mascotas y nosotros comenzaremos a encajonar lo poco que nos quedó." Las mujeres desde temprano se fueron a la feria, en busca de cerditos y gallinitas para llevar al nuevo hogar. No se imaginaban la falta de alimentos que tuvieron que pasar.

Un buen dia los niños festejaban algo con gran alboroto. Viviana la cotorra dijo, "Supermán tiene esposa, Supermán tiene esposa." El gato salió de sus aposentos hechando chispas de rabia, mal pensada. ignorante con la mirada llena de furia le dijo: "Cotorra habias de ser, pedazo de invesil, lengua larga, ignorante! La gatita Mimi es mi hermanan. El destino la dejó sin hogar y yo la traje al mio." Las personas mayores regañaron a la cotorra y a los chicos ordenaron proseguir con sus actividades.

11 Durante una entrevista con el gobierno, el señor Presidente de Santa Clara tuvo la gentileza de ofrecerles camiones del ejercito para el traslado de los enseres que les dejó la catástrofe en su horroroso recorrido. Ahora era muy oportuno recordarle la oferta. Las personas mayores empezaron a empacar lo poco que les dejó la culebra infernal. Aunque toda la vecindad estaba envuelto en los mismos conflictos, ya nada les asustaba. Habian prometido mantenerse unidos contra los deseos de los adinerados, que recien les interesaba invertir su dinero en las tierras descubiertas y conquistadas por tres hombres valientes y un grupo de gente sencilla y sin dinero, guiados por la desesperación de perder sus hogares. Una comisión de Villa Devastada se entrevistó con los encargados del proyecto para revisar las solicitudes que por orden del señor presidente daban prisa a la mudanza y de esa manera asegurar la estabilidad del Valle que ambicionaban los políticos.

Los chicos habian logrado reunir una buena cantidad de cajas de carton, que consideraban suficientes para los vecinos necesitados. También, con mucho orgullo, respeto y cariño, acompañados de sus instructores se hicieron presentes en una reunión de sus padres para entregarles el dinero obtenido, fruto de la venta de los trabajos manuales. Por su parte las niñas asimilaron las enseñanzas de Chavela y Jullita de perfeccionar el arte de coser, tejer y vender refrigerios. Ambos capitales hacian una buena cantidad de dinero que ayudaria a sus padres. Los instructores recibieron un voto de aplauso y muchas felicitaciones y agradecimientos. Para doña Celestina era bastante asegurar que sus ahijados cumplieron el compromiso contraído. En lo sucesivo confiaria en ellos plenamente. Gracias a los profesores de los niños Andres y Hector, también a las empleadas de Celestina, Chavela y Jullita, que trabajaron con las niñas.

Faltaba lo más difícil para los chicos, construir las jaulas de las mascotas que deberan ser resistentes y de un material duro para un viaje de tantos días. Pero ahí, estaban los profesores, para sacarlos del apuro. Una comisión gubernamental se entrevisto con los encargados con los proyectos del Valle, siendo aceptadas las solicitudes. No solo eso, también les fijaron fecha para la salida de Villa Devastada. Les proporcionaron camiones hasta el crucero. De ahí en adelante seria responsabilidad de los dirigentes del Valle. De todas maneras, las autoridades no los abandonarían, hasta que lleguen a su destino; era orden terminante del gobierno y disposición de otro rubro.

Los ingenieros. topógrafos, hasta alarifes, les ofrecian ayuda incondicional a los valientes damnificados - pioneros de un pueblo en desarrollo. Los conocedores de tantos sacrificios sentian respeto y admiración por los negados de la fortuna; pero la vida los compensará con bendiciones. Los constantes problemas relacionados con la vivienda para su familia hacian olvidar momentaneamente a sus hijos, descuido que lastimaba la sensibilidad de los muchachos, pensando que sus padres habian dejado de quererlos. Los mayores no demostraban la admiracion de otros tiempos por las manualidades de sus muchachitos, ni el mismo interés por ayudarlos en sus trabajos. A la hora de la verdad, los niños merecian mucho mas.

Concluido el trabajo de las jaulas, hechas con afan y amor, porque cada mascota tenia una historia, los mayores no les dieron la importancia que los chicos esperaban. Esa actitud les dolio, pues emplearon toda su inteligencia y esfuerzo para darle comodidad a cada animalito, cuales eran parte de la familia, sufriendo en los desastres acaecidos en en el cerro. A Superman le interesaba dormir y comer durante el día y por la noche velaba la tranquilidad y seguridad de los vecinos, rondando los alrededores de la improvisada Villa. La abuela Marcelina se sintia reacia a la mudanza, argumentando estar vieja para esos ajetreos, que para esa fecha se convirtió más que en visabuela de muchos patitos; ella ya no sabia la cantidad.

Marcelina, ejemplar abuela, a picotazos y aletazos conseguia obediencia y respeto de sus nietos cuac...cuac...cuac. Viviana la cotorra parlanchina era el mayor problema. Paolito a veces deseaba ahorcarla por mal hablada y discola. Desde que vió a su amo construir su lorera empezo la reveldia. Dando vueltas haciendo marabarismos, con un genio de pocos amigos, hablando hasta en chino, actitud que preocupaba a los vecinos, lo que fuera a pasar el día de la mudanza y vieron por conveniente amenazarla. Le dijeron: "Guacamaya del Mattogrosso, prometemos abandonarte en los montes." Ella respondio: "Me quejaré a la Sociedad de Animales Maltratados de las Naciones Unidas, que estan creyendo ustedes, que soy analfabeta?"

Adios,..adios...se fue Supermán, con el propósito de tranquilizarlos les contó una anecdota que logrará distraer los pensamientos negativos de sus amigos: "Al amanecer de un día de arduo trabajo, llegamos a casa casi arrastrando nuestros delicados piesecitos, tomamos un bañito de gato y nos dirigimos a nuestros aposentos, empezaba a dormir, cuando me sobresaltan unos alaridos de Mimí, diciendo 'Supermán corre...corre y salvamé En mi cuarto está una vaca que quiere comerme. Sálvame, sálvame, socorro Supermán.'" Supermán sigue con su cuento: "De un salto cubro el espacio, encuentro a Mimi que temblaba de cabeza a cola. Frente a ella veo a un fornido gatón. Me enceguecio el atrevimiento y la rabia al escucharle decirme que se había enamorado de Mimi y quería pedirle que le adopte. No escuché más. Dí un brinco y el manazo que le dí hizo que diera tres vueltas en el aire y huyó gritando cui...cui...cui...cui. Como un cerdito queria perdirme perdón diciendo 'no me mates, yo adoro a Mimí, no queria hacerle daño, quiero decirle solamente que sea mi madre. Perdon, perdónenme por favor.' El gato dió media vuelta y desapareció antes de yo lanzar el segundo manazo."

Los chicos se quedaron tranquilos. Al fin llegó el día de la mudanza. Fue para los niños el día mas angustioso que habian pasado. Los uniformados llevaban a los camiones de cajas y bultos. Iban y venian por toda Villa Devastada. Temblorosos, los chiquillos esperaban el momento de entregar sus mascotas. En ese interín se escuchó la voz de la secretaria de cultura: "Con cuidado mi coronel, esas mascotas son parte de nuestras vidas." La niña no conocia grados militares y al que le hablaba era un simple soldado raso, pero ella en su inocencia y deseperación queria proteger a los animales que ya empezaban a sentirse nerviosas, mas que todas Viviana.

Supermán, desde el camión dijo miau…miau…miau… Jason estuvo cerca y le preguntaron lo que reclamaba el gato, y el niño tradujo: "Adios muchachos, compañeros de infortunio que el destino me depare cualquier cosa, pues estoy preparado para hacerle frente a la vida. Cada uno tiene su historia y ustedes lo saben. Pasado el momento se avecinaba un caso difícil entre transportistas, niños, abuela Pata Marcelina y vecinos. En cuanto los del camión quisieron subir la jaula, esta se rebelo y les dijo: "Un momento. Aqui estan hablando con una abuela ilustrada. Ustedes estan cometiendo abuso de autoridad. Yo soy bien tranquila y pasiva, pero en vista de la situación elevaré mi queja a la sociedad protectora de animales abusados, desprotejidos y perdidos en estos montes tenebrosos."

Pasado el sermon de la abuela Pata, para ser mejos entendida pidio con todo respeto llamar al Traductor General Jason, porque aceptar la sugerencia de los chicos inyecta nuevas ideas. Viviana pasaba por un mal momento después de decirles improperios. Habidos y por haber, se declaró en huelga de hambre, alas caídas y pico cerrado. Jason y su secretaria Ariana temblaban de miedo. Rumbo al Valle, los choferes de los camiones acomodaron a cada chico al lado de su mascota. A poco rato retumbó la voz del comandante de la caravana, diciendo: "Vaaaa...mo...nos!" Los camiones se pusieron en marcha. Los vecinos que no tuvieron la suerte de partir en la caravana les despidieron con un "hasta pronto hermanos!" Los que restantes esperarian la segunda y tercera mudanza para reunirse con ellos. La tristeza de ambos grupos era notoria. Los carros lentamente avanzaron hasta las afueras del caserio, luego tomaron velocidad. Al atardecer arribaron a El Crucero, descargaron con el cuidado del principio e inmediatamente retornaron a reanudar su trabajo en la ciudad.

12 Durante la noche, las personas mayores seleccionaron diez carretillas, con lo más indispensable, para las primeras semanas en el nuevo hogar. El sendero, desde el Crucero al Valle, para esa fecha ya fue ensanchado. Para manejar mejor las carretillas, estas serian empujadas por un hombre y haladas por otra persona. La carretilla guia llevaba comida, agua, y algunos ungüentos para emergencia. Ademas, seis hombres para arrancar raices, limpiar de piedras el sendero, quitar las estacas, en fin hacer mas llevadera travesia, brindando comomodidad a los niños que a las dos horas tenian los pies ampollados y sangrando.

Caminando seis horas a las doce del medio día llegaron a un riachuelo llamado "Salvador," nombre que le dieron los exploradores. Los chicos llevaban la ropa mojada por el calor. Las personas mayores desfallecian por el cansancio, pues nunca estuvieron en condiciones para viajar tanto camino. Los pioneros se refrescaron, saborearon un emparedado y a continuar la marcha, esta vez más forzada si deseaban llegar temprano a destino.

Al poco tiempo algunos chicos lloraban, a consecuencia de los pies lastimados, algunas madres furtivamente se limpiaban los ojos y con la mirada intercambiaban las preguntas: "Como hacemos ahora? Cual será el siguiente paso?" Como si llegara la solución al momento, los padres, aunque ya no podian caminar, entre ellos decían: "Cargamos a nuestros hijos y asunto arreglado." Valientes pioneros, no se rendian ante nada, ni nadie.

Una chiquilla de doce años pidio la palabra: "Todos ordenaron las cosas que trajimos, nadie se acordó de las mascotas, que hacemos con ellas?" Como de costumbre, Viviana metio el pico en la conversación y dijo: "Viste Rosario? Nadie se acuerda de nosotras, pero no importa, ya estoy preparada, un corto vuelo y estaré en el Matogrosso. Ayer recordé que pasé mi niñez en esta selva, es una belleza, fabulosa." La pata abuela Marcelina daba vueltas y mas vueltas en su jaula. Luisito no atinaba a pensar en algo que pudiera solucionar el problema. Gabriela salio en defense del niño y dijo: "Llamemos a Jason, el traductor general, ahora sí lo necesitamos con urgencia."

Cuando llegó Jason acompañado de su secretaria Ariana, como el era tan pequeño y nunca estuvo en la selva, temblaba de pies a cabeza. Con todo y eso, tradujo lo siguiente: "La abuela pata exigia agua, que sus patitos se morian de sed, de lo contrario abran las jaulas que ellos se van al bosque, en busca del liquido elemento para bañarse." Supermán, al escuchar la última palabra dijo: "Mimí, también necesita agua para darles un bañito, pero que pena si no tenemos agua ni para tomar." Marcelina rara vez hablaba pero esta vez lo hacia con furia: "Estamos condenadas a pena de muerte!" El traductor les transmitia de sus amos mensajes cariñosos, a los que Viviana respondia: "Ver y creer." Supermán respondia: "Aunque lo veas no lo creas."

Iban cinco carretillas adelante, luego mujeres y niños al centro y cinco carretillas atras, una de ellas con las mascotas. Con las desiciones tomadas ese día empezaron las responsabilidades de las mujeres y niños. La libertad y el deseo de ser propietarios de extensos frutales y todas las plantas que crecen en un Valle de tierra nueva y más la inmensa riqueza que escondia el Rio Tres Amigos. Empezó la caminata. El ruido de las carretillas en pleno monte era enloquecedor! Los niños pequeños temblaban de miedo abrazados a su padre; rogaban, suplicando regresar al Crucero y luego a la ciudad. Caminaron toda la mañana y ahora comenzaron a la una de la tarde. Las niñas lloraban, los zapatitos eran pequeños para sus pies hinchados. Otras no podian caminar a consecuencia de las ampollas.

El momento mas crítico llegó cuando Viviana metió el pico en la conversación, exclamando: "Yo lo sabia...yo lo sabia ... pero ustedes querian hacer esto, no? Pues, que les cueste, ja...ja...ja…ja." La abuela pata dijo: "Te callas o te aprieto el pescuezo cotorra holgazana." Viviana contestó: "Me callo porque aquí no hay libertad de expresión."

Se notaba nerviosismo y preocupación en los hombres que conocian el camino. A la media hora de reanudar la caminata, los chicos lloraban y las señoras rezaban pidiendo que termine bien esta via crisis que les puso el destino. La cuesta protectora del Valle era respetada temida por todo intruso que se atreviera a pisar las tierras del preciado Valle, casi sagrado para unos y ambicionado para otros, pero bendecida por los damnificados de Villa Devastada. Ellos se comprometieron poblar el lugar y lo conseguirian con ayuda del gobierno y paíces vecinos. La cumbre era tan alta que imaginaban alcanzar las nubes con los brazos. Subian y subian la interminable cuesta, la cual semejaba un haz de luz colgando del cielo.

Mas o menos, a las seis de la tarde tuvieron la impresión de abrir una enorme puerta invisible, inundando de luz la obscuridad, que dejaron atras las penas, dificultades, y humillaciones que sufrieron desde el pasado. Juan, uno de los exploradores, levantó la voz para anunciar "Ojo de Alcón! Llegamos a Ojo de Alcon y estamos en plena cuchilla del cerro más alto del Valle; miren, contemplen desde aquí todo lo que puedan." LLegó el resto de la caravana. Creian pasar de un mal sueño, a otro bonito inolvidable, fabuloso, é indefinido sueño. Se agruparon los niños y gritaron "Que Maravilla!! Este es el mejor premio que nos envian las Hadas. Miren, miren esa belleza, esos reflejos, esos tonos de bellos matices. A esa hora alumbraban los últimos rayos del sol. La sorpresa de los chicos fue tan enorme que enmudecieron por algunos segundos.

13 Pasaron de un lugar nebuloso, húmedo, feo, malsano, hasta tenebroso para ellos. Las personas mayores y chicos sorprendidos ante la inmensidad de aquellos montes, no atinaban a decir palabras halagadoras al lugar, sin imaginarse que ya eran dueños de aquellos fabulosos terrenos, que un día se convertirian en un fuctifero centro comercial. Luz Maria Gabriela, Ariana y Diana, se tomaron de las manos para acercarce más al borde de la cuchilla, para contemplar desde los comienzos de la bajada al Valle. Fijando la mirada en la profundidad del lugar, Luz Maria dijo: "Este lugar es una de las maravillas del mundo." Diana comentó: "Es un sueño de los que fuera realidad, yo no quisiera despertar." Ariana también expreso su sentimiento: "Es fabuloso, gran dioso inenarrable. Qué te pasa a ti Gabriela? Te quedaste muda?" Al contemplar el panorama, Gabriela respondió: "Dejenmé pensar chicas, este lugar para mí es "El Paraíso"! Las muchachitas gritaron "sí, sí. ese que sea el nombre."

Los padres, al escuchar el bullicio de los niños, presurosos acudieron a ellos, pensando que una culebra era la causante del alboroto. Los chicos repetian, "ya tiene nombre, ya tiene nombre," hasta que uno de ellos preguntó, "que cosa tiene nombre, de que hablan ustedes?" Y la respuesta fue que de hoy en adelante el Valle se llamare "El Paraíso." A los mayores les llegó algo como una brisa refrescante, un sosiego que no lo esperaban en medio de tantos conflictos, penurias, a veces vanas esperanzas. Festejaron con "viva Gabriela, vivan los muchachos, vivan los exploradores y los pioneros." Uno de los exploradores gritó: "David, en una tabla bien cepillada, escribe con letra grande y gruesa las palabras 'EL PARAÍSO.'" Gabriela no se daba cuenta por tantos abrazos y felicitaciones. Segun ella, hizo algo normal. Jamas se imaginó haberle puesto nombre a un pueblo que pasaria a formar parte de la historia de Santa Clara.

Se escucharon las voces de Claudia y Diana que llamaban al descanso; al día siguiente tendrian un dia agotador. A Claudia desde pequeña le gustaba la enfermeria y viajaba con un pequeño maletin, pintado al centro con una Cruz Roja, en el que portaba algunas medicinas de acuerdo a su edad. Ella curaba ampollas, lastimaduras leves, pero tenía idea de su trabajo. En unos años más El Paraíso dispondría de una excelente enfermera conocida y amiga del grupo de damnificados de Villa Devastada.

Pasada la cena, que por cierto fué muy frugal, pidió la palabra el más anciano del grupo, y dijo: "No espero malos entendidos, en nuestro circulo tendrá que existir el respeto de niños, mujeres y viejos, como fueron nuestras reglas desde el principio de nuestra corporación. Todos debemos tratarnos como familiares, cuidando la moral. A los niños les exijo obediencia, como les enseñamos desde pequeños. Nosotros los viejos controlaremos el cumplimiento de esta regla. Ya saben chicos obediencia y respeto. Desde mañana, los chicos no intervendran en cosas de mayores y para ser mejor atendidos un adulto los acompañará. Como personas de la ciudad, necesitan conocer los peligros que esconde el monte. Aunque es una belleza el lugar, no dudamos que tenga ojos vigilantes durante la noche, que nos ataquen durante el sueño. Ahora, a dormir muchachos, mañana será otro día difícil, con un atardecer plasentero, un día inolvidable para nosotros."

Robertito abrazó a su mascota, talvez los ojos de algún leon estaban puestos en la abuela pata Marcelina, esperando se apaguen las luces para comerse a la abuela. Esa sería una desgracia, una injusticia, comentó Ariana. Muy apenada habló Ysabella, "pobre Marcelina y sus patitos." Al día siguiente con los primeros rayos del sol se pusieron en marcha. El camino era malísimo, raices, piedras saliente que cortaban y herian hasta sangrar, pero los pioneros no se rendian. Ojo de Alcón quedo atras.   Ahora era bajada y mas bajada durante siete horas.

El Paraíso los atraia con la magia de sus colores. Los niños, aunque agotados por el cansancio caminaban con alegria; arreciaba el calor, pero a ellos no les afectaba, pues ya estaban en lo suyo. Olvidaron las carretillas por unas horas, por que la mente de cada uno se llenaba de los planes del Paraíso, llegando a visualización cada uno a su manera. Solamente la gatita Mimi pensaba en algo constructivo para ellos, un gran escape. La gatita Mimí opinaba que era lo mejor para ellos puesto que sus amos los pasaron al último plano. Dijo: "Pero pensemos bien, no sea que acabemos bajo las patas de un elefante o en la panza de algún leon hambriento. Eso no quiero, mejor me lleven por donde me han traido?"

A las tres de la tarde, escucharon el murmullo de las aguas de un cercano rìo. Olvidando el cansancio, apuraron el paso. SORPRESA!! Llegaron al rio que marcaba la entrada al Valle actual -- " El Paraíso" -- los niños se santiguaron y en loca carrera se metieron a las frescas aguas. Los encargados vigilaban   la seguridad de los chicos.   Los vigilantes   del cuidado infantil presentían la locura de aquellos chiquillos al conocer la magnitude de un rìo como era el Tres Amigos, que para ellos semejaba el mar por la inmensidad y playas. Se escuchó el murmullo del cercano rìo y todos apuraron el paso. Que maravillosa sorpresa! Llegaron al final de Ojo Alcón, que lindaba con El Paraíso. Los niños olvidaron a sus mascotas y se metieron en las frescas aguas.

Los vigilantes desde el puente no descuidaban a los chicos y anunciaban: "Muchachos, falta poco para llegar al caserìo, propiedad de ustedes.   Allá cantaremos nuestras alegrias, bailaremos demostrando nuestra gratitud a Dios por regalarnos estas fértiles tierras. Alentados por esas palabras, todos se pusieron en marcha nuevamente; caminaron dos horas y notaron una construcción en pleno monte, con un paisaje digno de ser plasmado por la alta acuarela de un pintor, pintura que pasaria a formar parte de un museo histórico de Santa Clara. Aumentaria el valor cultural de El Paraíso, actualmente catalogado entre los primeros pueblos fundados con el sacrificio de todos, hasta de los niños, que con el transcurso del tiempo se convertiria en un emporio de riqueza y orgullo de Santa Clara.

Se escuchaba las palabras "vamos muchachos," pero venciendo el miedo una debil vocecita pide la palabra: "Señores, ustedes saben, yo tengo miedo hablar en publico, pero esta vez quiero dirigirme a esta belleza. Valle lejano y olvidado, esperanza de los afligidos que con optimismo y sacrificios hoy llegamos a gozar de tu paisaje, trayendo la alegria de la niñez y a cantarte coplas que brotan del corazon. Gracias por ser buena y amorosa como una madre. Gracias por acogernos en tu seno que con amor brindas a los hijos que te aman y te respetan. Gracias por guiarnos hasta un rio de aguas limpias, para mitigar la sed. Gracias por dar libertad a los niños y gracias por recibirnos en tu valle, milagro de la naturaleza . Estas palabras te las dice tu hija Vicenta, que te quiere y te respeta." David dijo: "Continuaremos la marcha que falta poco para llegar al caserio, lugar propio para que ustedes vivan tranquilos. Allá todos bailaremos cantando y agradeciendo al cielo por ayudarnos a llegar, aunque con contratiempos.

Alentados por las palabra de David, olvidaron el cansancio y cotinuaron la caminata. A pocos metros del rio encontraron en pleno monte vestigios de construcción que los pioneros levantaban en pleno valle o sea en el corazon de El Paraíso. A los niños les importó poco lo que pasaron para llegar ahí, realmente a un sitio que para ellos significaba el cielo, la gloria, el pais de los Angeles, donde bailaban las estrellas. Algunas madres con sus hijitos se arrodillaron, con brazos abriertos, agradeciendo al Señor por regalarles una casa propia y unos padres tan maravillosos y abnegados, que se esforzaron por darles comodidades. No pudieron seguir hablando, se les hizo un nudo en la garganta y corrieron las lagrimas por las mejillas. Para calmar el nerviosisimo del grupo de niños, tomaron la palabra de Ysabella y aconsejaron que cada niño colóquese al lado de su padre hasta llegar al caserio.

Los hombres exahustos por el cansancio del doble trabajo de halar y empujar las carretillas, ya no podian mantenerse en pie. Es importante recordar que a los hijos chiquitos los llevaban en las espaldas, sin quejas. algunos pensaban que lo hacian por amor propio. Primera noche en El Paraíso, el cansancio los obligó a dormir como pudieron, algunos a la intemperie. Solamente los niños tuvieron especial protección, aunque pasaron la noche abrazando las jaulas de sus mascotas, recordando las palabras de la gatita Mimí. Para muchos fue una aventura pasar la noche alejados de la ciudad, en plena selva, soportando la vigilancia de algun búho, escuchando el canto de los grillos, y mirando las traviesas y bulliciosas peleas de los monitos, que se creian dueños de la selva.

Se escuchó la voz de Supermán: "Ustedes tuvieron miedo? pues yo no, es costumbre ancestral recibir a los forasteros con alegres serenatas, es darles la bienvenida y aceptarlos como amigos." Los patitos opinaron que si se repetia la serenata ellos se moririan de miedo. Viviana comentó: "Yo no debia hablar, pero las circunstancias me obligan a decirles la verdad. Yo les ayudé a cantar a los grillos, acaso no escucharon mi voz?" La abuela pata abrió el pico para cerrar la coversación, diciendo: "Te escuché pero no entendí nada. Creo que cantaste en Latin,? Griego? En Chino?" Se escuchó la voz tronadora de Juan: "Silencio, estos animales me estan cansando." Ofendidas las mascotas reaccionaron: "Nos llamaron animales? Que falta de respeto caramba!!"

14 Los pioneros tuvieron dos dias de descanzo obligados por la tremenda caminata, pues unos arrastrando las carretillas y otros cargando bultos y niños en sus espaldas. Pasado los dos dias de reposo, empezaron con la construcción de las casas y decidieron trabajar tipo cooperativa, así se repartian mejor el trabajo. Habia prisa en el ensanche de las acequias, el pueblo en desarrollo necesitaba mas agua. Los patitos no entendian la situación, querian bañarse, zambullir en las pozas inconclusas. A mama pata le exigian agua y mas agua.   Las mujeres estaban apuradas por tener su lavadero; aunque fuera rústico, seria de gran utilidad para lavar la ropa, especialmente de los niños. Todos tenian su parte en el trabajo y las esposas lo hacian con cariño porque sabian que era para la comodidad de ellas. Empedraban sus casas y las aceras y las señoras que no conocian esa humilde rama compensaban con otros labores. Los niños acarreaban las piedras, de esa forma todos ayudaban, aunque sea con un granito de arena, por el desarrollo de un futuro pueblo, para que las generaciones venideras los recuerden con orgullo y digan "vivan los velientes niños del Valle Devastado."

Con esos pensamientos positivos los muchachos trabajaban de sol a sol. Cada uno al lado de su madre. Pasadas algunas semanas El Paraíso se entero que en Ojo de Alcon terminaron el techo de las nuevas cabañas, chozas y casas, con el propósito de tener refugio seguro que a la vez serian convertidos en almacen para el acopio de herramientas, comestibles, semilla, inclusive material para la conclusión del puente. El camino del Crucero a Ojo de Alcón era transitable para camiones de bajo tonelaje. Con ese aliento las mujeres más intrepidas instalaron negocios aunque en pequeña escala. Ellas se las ingeniaron para brindarles refrigerios a los turistas, que encantados con el panorama y el sevicio de las diligentes señoras que les miraban con   ternura maternal.   Ellos saboreaban de sus deliciosos emparedados y aromatico cafecito.

Los turistas en El Paraíso gozaban de mucho respeto. Nacionales o extranjeros, todo turista siempre deseaba conocer El Paraíso, que como por arte de magia se embellecia, como si un Hada la tocara con su varita magica para embellecerla mas. Ahora la gente tenía la certeza de que en un tiempo no muy lejano la ciudad se convetiría en una pequeña urbe, pues la cantidad de forasteros impresionaba a los pioneros, que se acentaban río arriba. Los turistas solo deseaban conocer el país y más El Paraíso, lugar tan famoso por el panorama y topografia, gente laboriosa y responsable.

Un dia Domingo bien temprano, los varones fueron sorprendidos por sus esposas en el terreno elegido para construir una capilla que se postergaba año tras año. Un día las señoras desidieron sorprender a los hombres, con una enorme Cruz de Madera, aunque no muy afinada, pero era un símbolo de la fé Cristiana. La Cruz rodeada de tres banquetas rústicas para el descanso de los agotados trabajadores. Las mujeres pensaban que los varones ofrecerian sus plegarias al Señor de la Cruz, implorando fuerza, salud, hermandad y comprención entre los afectados y amigos de Villa Devastada. Que Dios bendiga sus sueños y metas prometidas. Aunque no agradecian a la naturaleza por haber perdido sus hogares en Villa Devastada, ahora ella misma les regalaba todo un Valle para aprender a trabajar mejor.

Ese feliz Domingo, cuando los hombres vieron el símbolo Christiano, algunos se emocionaron hasta las lágrimas y se comprometieron a edificar la iglesia lo más pronto posible. Era necesaria para un pueblo creyente como El Paraíso. Los chicos soñaban plantar muchas flores para que la iglesia sea rodeada por un hermoso jardín de flores multicolores y fraganciosas. También anhelaban para cada

64

casa un huerto sembrado de legumbres y en los patios traseros querian cultivar hortalisas, para el consume diario.

Llegaba más gente de la ciudad.   El Crucero se convertía en un pueblo de gente medianamente adinerada, instalando almacenes pequeños, hoteles; inclusive habia un cine. El camino seguia incómodo, pero el desafío de los primeros pobladores era mayor y con futuro porque en la mente de algunos pioneros se guardaban valiosos secretos que los más adinerados de la ciudad no alcanzarian a competir. Los pioneros de El Paraíso aconsejaban a los ricachones solicitar otros   terrenos, montes inexplorados que se encontraban frente   al Valle poblado. Allí instalarian sus negocios, en un pueblo nuevo, construido segun sus deseos y aspiraciones.

La vida continuaba normalmente.   Los niños que llegaron a los doce años ahora eran estudiantes de secundaria, unos en la ciudad de Santa Clara, otros en cuidades aledañas, segun la carrera que les gustaría.   Para ayudar a los más necesitados é indefensos chiquillos, otros   deseaban ser agrónomos. Así sucesivamente soñaban los chicos, pero todos alrededor de una profesión.   Hasta las chicas soñaban con profesiones, pero las normas de la época más le empujaban a aprender Ingles o secretariado, pero siempre con sueños de algo lucrativo para su hogar, para el día de mañana.   Entre todos sus sueños, deseaban lo mejor para sus padres, hermanos y vecinos. Lo mas importante para los habitantes del Valle fue que el ministerio de educación autorizó crear en el Valle una Universidad Agraria que llene los requisitos de los estudiantes que no puedan trasladarse a la ciudad.

Los chicos se sentian felices solamente por ser vecinos y pioneros de El Paraíso, Valle de la esperanza. Aunque apesar que todo se encontraba inconcluso, con un poco de paciencia y esfuerzo lograrian sus propósitos. Hicieron una gran reunión para informar los pormenores de cada grupo.

Cuando la gente se retiraba, surgieron trés vocecitas infantiles para decir: "Señores pedimos la palabra" El presidente mayor las miró sorprendido y dijo: "Que desean niñas?"   La mas humilde de las chicas respondió: "No se burlen de nosotras; nosotras también contamos en las reuniones verdad?   Pues, somos sobrevientes de Villa Devastada y nos corresponde saber ahora que está pasando en nuestro Valle."

    Ahí, frente a ellos estaban parados firmes Jason y Daniel. Haciendo escuchar su voz decían: "Apoyamos y defendemos a estas niñas."   Los ancianos respondieron: "Hablen, que las escuchamos." "Miren ya," dijo una, "ustedes informaron de su trabajo, pero no escuché nombrar una alcaldia, ni delegación policial." Carmela preguntó: "Don Angel, don Jaime, no vamos a tener un consultorio médico? Por lo menos una enfermera titulada. Nos hemos conformado con Claudia. Ella nos atiende ahora, pero cuando se vaya a estudiar a la ciudad?" Jason y Daniel subiendo el tono de voz preguntaron acerca de un cementerio, diciendo: "Si alguien muere, que hacemos con el muerto?" Pensando que era medio chistozo la pregunta, algunes se reian. Ellos eran niños y no sabian expresarse de otro modo. Los chicos tenian mucha razon y los mayores se comprometieron formalmente ante ellos y el pueblo a trabajar de sol a sol, inclusive los feriados, en el razonable pedido de los niños.

15 Comenzaron arduamente la demarcación del sitio y alambrado provisional; luego colocarian la pared definitiva y así nació el cementeterio al que bautizaron con el nombre de "Flores de Recuerdo." En ese tiempo a un cementerio se le llamaba Panteon. El tiempo pasaba lentamente, parecia haberse detenido. Solamente los hombres continuaban trabajando con el entusiasmo del primer día. Los vecinos de Villa Devastada, como un premio a su constancia y sacrificio, lograron su propósito, pues ahí estaba la prueba, a la vista de todo un país que siguieron los acontecimientos.

En vista del gran desarrollo de la zona los adinerados más ambiciosos querian apoderarse del Valle, ofreciendo al gobierno adelantos inclusive carreteras asfaltadas. Eran ofertas que nunca cumplirian. Esa artimaña era conocida por los pioneros y el gobierno, pero la intuición de las mujeres más rapida que la de los hombres y solicitaron al gobierno por medio de una comisión que tenga la bondad de visitar El Paraíso, que su presencia era de imperiosa urgencia y deseaban ser escuchadas. Supieran lo que tuvieron que pasar las esposas y madres durante el horrendo desastre.

Enviaron otra carta a doña Celestina, con palabras muy sentimentales, puesto que la madrina y protectora de los damnificados de Villa Devastada también conocia los pormenores de aquella odisea de todo un barrio. Los pequeños y sus madres querian que ella abogue ante la justicia. De lo contrario se declararian en huelga de hambre. Ellas, sus hijos, y mascotas, por que también las mascotas eran parte de la familia, no?

El camino carretero, en perfectas condiciones llegaba hasta Ojo de Alcón. En ese interin, ocurrió algo muy significativo, digno de ser mensionado. Decidieron en reunión de señoras solicitar a Don Jaime, Angel y los tres exploradores, acceso a terrenos para sembrar hortalizas y vegetales y con el fruto de esos productos ayudarian a las mas necesitadas. Los cinco varones que dirigian los destinos del Valle, gustosos aceptaron el pedido. Es mas, ellos ayudarian en los trabajos no aptos para mujeres. Las señoras con la desesperación que exige la necesidad se sintieron obligadas por las circuntancias a incursionar en el campo varonil y lo hicieron como personas experimentadas en el agro. obteniendo meritorios diplomas profesionales, otorgados por el ministerio de agricultura.

La variedad de hortalizas y legumbres era digna de admiración. De ahí en adelante, para el grupo de mujeres seria como una tónica que alimentaba su sangre y vigor para seguir trabajando, con el optimismo de sus años juveniles. Los productos de aquella región eran conocidos por su calidad y bajos precios. La central Bancaria, en vista de las grandes cantidades de dineros que las mujeres manejaban en la ciudad, decidieron instalar una agencia bancaria en el valle, con el fin de evitarles riesgos. Caminando con tanto dinero en la calle y sin protección, la agencia estuvo muy bien protegida, incluso con personal uniformado y autorizado por los personeros del gobierno.

Concluido el puente, El Paraíso adquirió mayor cantidad de negociantes, turistas y gente curiosa. Unos deseaban terrenos para construir su vivienda, otros querian amplios acres para sembrar. La persona que llegaba al Valle se enamoraba de la topografia, de la belleza de su atardecer, del cambio de colores de sus hojas, de su gente hospitalaria y gentil. Aquellos hombres, valientes pioneros, golpeados por la injusticia natural de la zona, poco a poco mostraban el cansancio por paso del tiempo y el exceso de trabajo, aunque recien pasaron cuatro años. Inclusive en las mascotas se notaba el paso del tiempo. Algunas prescentian haber llegado al ocaso de su vida.

16 Una serena tarde, cuando el sol bañaba el Valle con sus refrescantes rayos multicolores, los pequeños chiquillos ya crecidos y fundadores de la primera mesa Directiva de Barrio Devastado, se sentaron en una rústica y provisional banqueta de la plaza, frente a la Iglesia provisional, también con el propósito de recorder tiempos de la infancia y ahora que estan mas crecidos, buscar la manera de ganar algunos pesitos extra, pues anhelaban continuar sus estudios universitarios, aunque les faltaba un año para concluir la secundaria. Pero desde ahora soñaban lograr profesiones importantes, para así compensar el sacrificio de sus padres.

Interrumpieron la conversación cuando vieron a Marcelina, la a buela pata, que se acercaba al grupo caminando con mucha dificultad, acompañada por dos patitos jovencitos, nietos que solo el tiempo y la historia conocian el grado que les correspondia. La abuela pata mantenía la educación y respeto que le caracterizaba. Se acercó muy ceremoniosa y saludó al grupo, cruzando las patitas y abriendo las alas dijo: "Cuac, cuac cuac." Jason que estaba con los chicos y era el traductor general de las mascotas, inmediatamente mandó llamar a Ariana su secretaria. La chiquilla se presentó muy professional, lista para servir a su jefe y comenzo a escribir los consejos, encargos, en fin toda la coversación de abuela Marcelina.

La abuela empezó de la siguiente manera: "Yo los conozco a ustedes hace algunos años; eso me da el derecho y el cariño que siento por mi chiquillos, ustedes mis queridos nietecitos. Ustedes saben que yo no soy una pata cualquiera; soy una abuela bien ilustada y de buena escuela. Pero ahora yo tenía que hablar y agradecerles todo lo que ustedes hecieron por mí. Antes quiero recordarles algo importante en la vida, espero que me escuchen con atención y paciencia. La vida nos da momentos alegres y tristes, pero pudimos superar trabajando y la constancia nos trajo a estos lugares. Claro a veces con lágrimas amargas, pero estamos en el Valle. No importa la distancia, ella no pudo doblegarnos. He reservado fuerzas para acercarme a ustedes y hablarles talvez en mis ultimos años, si se dieron cuenta, han debido ver mis canas. No importa, es un honor que me llena de orgullo, puesto que cada cana guarda una historia de ustedes. Presisamente ese honor me permite decirles lo siguiente. Continuen como hasta ahora, personas de bién, trabajadoras respetuosas, sencillas más que todo obedientes con sus padres, querendones de su familia y de su tierra. Posiblemente mi tiempo no alcance a ver los frutos que produzca esta tierra, pero sere feliz." Con una alita se secó una lágrima, que rodaba por su arrugada carita. Siguió: "Cuiden a su familia, estudien, trabajen, siempre sean gente de bién, ayuden al necesitado, no peleen entre ustedes. Los quiero mucho, mucho!" Abrió sus alas y se fué diciendo siempre "cuac, cuac, cuac…" Avanzó unos metros y dificultosamente les dijo: "Les ruego cuiden a Viviana y Supermán, aunque él se cuida solo."

A los dos dias, la encontraron muy enferma en su casita. Era increible lo que pasaba esos dias, las tragedias se les vino una tras otra. Contratiempos, mordeduras de serpientes, era un caos en el Valle. Marcelina, prescentia que la mala suerte visitaba el lugar. Ese fín de semana otra culebra venenosa mordió a otro trabajador. No fué posible salvarle la vida y murió ante la impotencia de sus compañeros de trabajo. Menos mal que el pueblo contaba con su cementerio. Algunos vecinos se quejaban de cansancio enfermemizo. El médico provisional aconsejó trasladarlos a un hospital de la ciudad, pero para el traslado nececitaban mucho dinero que lo tenian invertido en   diferentes negocios y no podian hacer uso de ellos. Por el momento, el rio Tres Amigos escondia en sus entrañas grandes   veneros de oro, riqueza que segun los primeros   exploradores les pertenecia a los pioneros. Esta riqueza beneficiaria a los   damnificados vecinos de Villa

Devastada y el desarrollo del pueblo que con tanto esfuerzo y sus propias manos lograron construir. El pueblo quedó como un jardin, pero costó sangre!

Los vecinos, especialmente las mujeres, dieron el grito al cielo cuando se enteraron que los millonarios presionaban al gobierno con sus exigencias. Atenidos a su potencial económico, exigian la entrega de las tierras de El Paraíso. Pero los vecinos del Valle recurrieron a la ley, gastando lo poco que su menguada economia les permitia. Aunque los tramites fueran costoso y las plantaciones se llevaran los ultimos centavos del ahorro, a ellos no les preocupaba más que los trabajos del Valle. Las mujeres, cuando se dieron cuente de la enfermedad de los maridos y falta de dinero tuvieron que tomar una decisión. Aunque esta fuera desesperada, les obligaba el atrepello de los ricachones. Ellas defenderian lo suyo aunque fuera con la vida.

Una mañana cualquiera después de Misa se le ocurrió una desesperada mujer, esposa de un explorador, tomar el micrófono de la Iglesia y dirigirse a los feligreses, reunirse ante una emergencia reunion que deberia ser tarde. Deberan reunirse en la plaza o el quios con parte delantera de la Iglesia. Era imperiosa la reunión de las mujeres. Ahora a ellas les correspondia manejar los destinos de El Paraíso. Victoria, esposa de Juan el explorador, habló con más convicción de lo esperado. La reunión resultó todo un éxito. Los esposos aceptaron muy gustosos y se comprometieron ayudarlas en lo que se referia a la agricultura porque algunos esfuerzos necesitaban la fuerza de los hombres. Ellos siempre estarian presentes, aunque en la mina algunos trabajaban tiempo y medio. Pero ahora consideraban que algunas señoras no merecian tanto esfuerzo, ellas jamas salieron de la ciudad y menos a trabajar cultivando la tierra.

La siguiente semana comenzaron la tarea del alambrado y loteamiento de grandes extenciones de terrenos ya cultivados con árboles frutales, como cítricos, cacao, café, etc., que ellas lo hicieron. Aunque en desorden, lograron sus aspiraciones y disfrutaban de los productos, demostrando a la colectividad que El Paraíso era una tierra de esperanza y gran futuro, sin ayuda de los adinerados. El tema era "triunfar o morir." Pero no seria nada facil. Las tierras eran benditas, regadas con el sudor y la sangre de hombres, mujeres, niños y el tesoro que guardaba el rio Tres Amigos. Quedarian escondidas en las profundidades de sus entrañas. Para todo acontecimiento, los damnificados y gente que carecia de casa y dinero llamaban a reunión. Los del Valle tenian la obligación de presentarse y opinar de acuerdo a las reglas impuestas por las autoridades de El Paraíso.

Como adivinando el problema, la Colonia Morrys y adyacentes invitaban a personas mayores a una reunión de emergencia a todos los pioneros, personas mayores, niños. mujeres, a todos en general, con el propósito de aclarar algunos puntos que mediante voto de la razón, conciencia, y derecho el Valle llamaba en su totalidad a defender a su pueblo de los deseos antojadizos de la gente adinerada. Ahora recien hacian ofertas de toda clase; y antes donde estaban? de donde aparecieron ahora con sus ofertas de inverciones? Cada vecino de Santa Mónica se negó rotundamente a los deseos antojadizos de los caballeros del trabajo facil. El Paraíso en su totalidad a una voz dijo: "Basta…basta ya de abusos! No cederemos ni un pedazo de tierra!"

"Bueno pues," dijo Hilaria, "llegó el momento que ansiosamente esperamos. Antes queremos agradecer, porque nos cumplieron nuestros ahelados, tenemos todo lo que solicitamos a nuestros amados esposos." Victoria dijo, "queridas amigas, hagamos lo que debimos haber hecho antes. Pero no es tarde para empezar. Manos a la obra con más entusiasmo." Así comenzó a progresar el Valle. A los tres meses tuvieron la satisfacción de gozar de la primera cosecha del maiz blanco grano grande y maiz amarillo. Para Santa Clara, El Paraíso se convertía en un granero, siendo admirado hasta por paices vecinos, abriendo grandes perspectivas económicas, como el maní o sea cacahuate, que esos años gozaba de exelentes precios.

Pero continuaba amenazando al Valle algo como una nube negra, que atacaba a los sombradios durante las noches. Enormes ratas y ratones, ardillas y otros roedores que se comian las semillas cuando reinaba el silencio, comiendose todo lo sembrado en el día. El gato Supermán y la gatita Mimí no daban abasto contra los dañinos roedores. Ante tal catástrofe, el profesor Hector sugirió conseguir un perro para espantar a los hambrientos animales dañinos. Donato, esposo de Leonor comentó que él personalmente se trasladaria a la ciudad con el propósito de conseguir un buen perro que se haga respetar con las ardillas y ratas.

17 La llegada de Scout fué la novedad del pueblo. Los niños deseaban jugar con él, pero Scout desde su llegada al Valle exigió respeto. No era un perro cualquiera, comun y corriente. Desde cachorro tenía algo especial, caracter serio, mirada fría y penetrante, movimientos rápidos, de increible inteligencia y modales. Los niños opinaban que se le cambie el nombre. Ellos serian más felices si se le llamara Capitán. Otros querian que fuera Sargento, pues parecia un perro policia. Los chicos no podian pronunciar su nombre. Uno de los exploradores lo llamó Oliver.

Los del pueblo no se imaginaban que unos indefensos perritos les regalarian momentos tan inolvidables, gracias a su valor, coraje y también gratitud por darles el cariño que nunca tuvieron, pues eran perros huérfanos. Coincidiendo con la llegada de Oliver, a la hora de misa llegó una parejita de motociclistas americanos que se conocieron en Villa Devastada. Ahora los amiguitos ciclistas los buscaron en El Paraíso para entregarles algo especial que les llevaron del país que visitaban. Pasados los primeros minutos de eufororia, a los chicos les entregaron un perrito, fino, de raza pequeña, ojitos saltines que decian era Chiuahua, un tono de café muy bonito, de nombre Romeo de pelaje pequeño, ralo y liso, jugueton, alegre, ladrador y bailador. Y la muchacha americana les regalo a las niñas una perrita negra, que parecia la humildad en persona, toda negrita, con bastante pelo, encrespado en el lomo. Ella traia algo escondido, sus travesuras, inteligencia vivacidad que aun no queria sacar a relucir; en fin, no dejaba traslucir su carácter. Su nombre era Julieta. Una de las chicas dijo: "Esa será nuestra mascota!"

Pasadas las presentaciones de las mascotas, seran aclaradas las obligaciones y responsabilidades. Oliver se encargó de la jefatura del grupo y los demas aceptaron. Supermán agradeció porque estaba cansado de trabajar en las noches y parte del día -- tenia sueño atrasado. Jason comunicó a los vecinos que a las diez de la noche Oliver, Supermán, Romeo, Julieta y Mimí, se encontrarian en el sembradio del maní y empezó una batalla campal. Manazo por acá, manazo por allá. Gente del pueblo escuchó una batalla campal contra las ratas, ardillas, ratoncitos pequeños y aves nocturnas, se las tuvieron que ver con Julieta y Mimí. Pero desde esa noche las dos deberan quedarse en el mosquitero por seguridad a un ataque ratonil en masa. Los tres valientes cuidadores hicieron un diagrama para el mejor control de su trabajo. La labor de Superman, Romeo y Oliver, chicos valientes, era suficiente para exterminar a los dueños de lo ajeno.

En las mañanas, cuando los vecinos visitaron los sembradios, se llevaron una gran sorpresa. Incrédulos, vieron la cantidad de ratas y ardillas muertas. Ahora que hacer con ellos? Echarlos al rio? Y la contaminación? Decidieron incinerarlos, colocandolos en una fosa y cubrir con tierra. Seria la única manera de protejer el agua. Los tres amigos se sentian héroes, importantes, protecctores. Solamente Oliver miraba a su alrededor, friamente, sin emoción, como diciendo es un deber cumplido. La gatita y Julieta, avergonzadas de su miedo, abandonaron a los ratones y aprendieron a espantar a los pajaritos que dañaban los frutos de los inmensos sembrados.

Las señoras, orgullosas de su trabajo y con razón porque ellas ya tenian en mente otros planes, mucho mas audaces, para el desarrollo de su querido pueblo. Fue emocionante e inolvidable el día que se detuvo un camión de regular tonelaje, cerrando la entrada a los sembradíos, y empezó el trabajo de las mujeres y niños é invitaron a los varones ayudarlos en las labores. Comenzó la cosecha de vegetales y hortalizas, en fin, todo lo que se encontraba a punto para surtir la mesa familiar. Bien cargados los camiones, partieron con destino a Santa Clara llevando parte de la producción que brindo la naturaleza a un grupo de madres, que la desesperación las llevó a esos montes desolados. Ellas querian mejor suerte para sus hijos y Dios las recompensó con un premio ambicionado hasta por los millonarios.

LLegó el camión a la ciuad, llevando el fruto del agotador trabajo, una carga de iluciones y valientes mujeres que convertirán en dinero; el llanto derramado y la sangre vertida en esos montes. Les fué de maravilla en las ventas. Al retorno, Ojo de Alcón las recibió con honores, inclusive se hizo presente una banda de música, premiando la varonil hazaña de las señoras que demostraron inteligencia, fortaleza y optimismo para las labores del agro. Conversando entre Griselda, Rosario y Beatriz surgió la idea del millón; comprarian otro camión, de mayor tonelaje, con los dividendos del primer camión y venta de fruta. Pero, lástima que los esposos y ellas sentian el peso de los años. Aun así, miraban el porvenir con optimismo y ojos profesionales. Para ellas era la única forma de crear lo que tanto deseaban, disponer de algo propio, tangible. Seria spectácular lo que llevaba en la mente, una cooperative! Con la decisión de socias, se formó la cooperativa Paraíso Limitada. Las ganancias fueron más que lucrativas. El camión transportaria carga y pasajeros.

La felicidad de los maridos no tenia precio. Se comprometieron garantizar el crédito de las mujeres, hasta terminar de cancelar la deuda. No se conformaron con hablar con la casa importadora. Nuevamente volvió la seguridad, bienestar y felicidad al Valle. Los muchachos, por supuesto jóvenes ya, unos estudiando, otros trabajado, y los ultimos trabajando fuerte y planificando para que su boda sea como la soñaron. Los hombres pagaban por el transporte de Madera. El tiempo se acortaba para la salud y fortaleza de los audaces damnificados y valientes pioneros de excelente vision para cambiar un monte, habitado solo por animales carnivoros, en pueblos tranquilos. Ellos no dudaban que un día no muy lejano, con la constancia, el sacrificio, empeño, y la fé conocida en ellos, este pueblo se convierta en una pequeña ciudad. Aunque la vida se les termine en el intento, ellos, hombres con fe de acero, siguiran luchando por algo que dejaran como un obsequio a sus antepasados que mirando a la lejania sonreiran diciendo "gracias, nuestros espíritus están satisfechos del sacrificio heredado."

Los pioneros mineros no se explicaban como se las arreglaron para poblar un monte abandonado a su suerte durante años. Luchando contra la naturaleza, la fuerza de la desesperación los obligó ha vencer tantas dificultades. Llegaron jóvenes y en buen estado físico, hacienda la primera travecia por un camino de venados, marcando en la corteza de los árboles para regresar al lugar de partida, sorteando los peligros que los exploradores les enseñaron a reconocer. Ahora viejos, cansados, agotados por el exceso de trabajo, continuaban con sus faenas diarias en el rio Tres Amigos. De la adjudicación y sus tierras eran dueños, también de buenos capitales, pero desconocian la forma de equipar una mina para la explotación del metal precioso, el oro.

18 Llegaron al Valle los muchachos, ya jovenes estudiantes universitarios, trayendo en la mente ideas modernas. Ellos se encargarian de contactar a sus padres para la explotación de la mina, pero antes deseaban visitar las colonias que rodeaban al pueblo -- Santa Mónica, Torre de Marfil y otras -- y luego la construcción del pueblo minero que le llamaban la ensenada de oro. Con la llegada de los primeros habitantes de El Paraíso, niños en esos tiempos y ahora elegantes muchachos, estudiantes de secundaria unos y otros universitarios, las muchachas también alumnas aventajadas, envueltas en sus estudios. Llegaron de visita al lugar que tanto adoraban. Trayendo consigo la alegria é ideas nuevas para el desarrollo de El Paraíso, la tierra de sus amores como ellos la llamaban al Valle. Los padres disfrutaban con alegria y recuerdos de sus muchachos, que a la fecha desidieron reunirse en el Valle.

La Llegada del grupo de estudiantes hizo que los propietarios descuiden sus obligaciones con las cosechas, los sembrados todos estaban a punto. Necesitaban mano de obra o sea trabajadores. Pasados unos dias los chicos se marcharon a la ciudad, también a cumplir sus obligaciones. Con el alma adolorida tuvieron que dejar a sus padres, en trabajos tan agobiantes para su edad. También las mujeres que otra hora fueron personas activas, y trabajadoras, ahora se las notaba cansadas, pero no desfallecian en sus ventas al público, ni con sus contratos con los grandes hoteles de la ciudad. Incluso la producción alcanzaba para exportar a paises vecinos.

Reanudaron las actividades, pero el destino dejaba profundas huellas en algunos corazones porque en el alma de algunos vecinos queda plasmado el dolor irremediable de la muerte de un ser querido. Los niños enfermaban con males desconocidos y la gente pensaba que los roedores les trajo esos problemas. El médico del Valle aconsejaba desalojar el pueblo por una temporada, hasta controlar la epidemia. En los rostros de las mujeres, antes sonrientes, ahora de tristeza impenetrable, llorando por las noches o enviando sus plegarias al altísimo. Grisel y Rosario, dos señoras con mucha fuerza de voluntad esperanza y fé, en una conversación informal, sacaron a relucir una idea que si se la concretaba valia oro. Las dos la pulieron primero para luego reunirse en una asamblea general y ponerla en consideración. Allá fueron aplaudidas y felcitadas cuando la gente de Villa Devastada, ahora de El Paraíso, se enteró de la inteligencia de las amigas que ahora eran lideres a fuerza de sufrimiento y desesperación. Ellos tuvieron la plena seguridad que los bienes logrados estaban en buenas manos. Quien mejor que ellas para controlar la mina, si también les pertenecia?

Las dos iniciadoras del programa nesecitaban implantar en el Valle lo siguiente: Contratar obreros en la ciudad que trabajen ocho horas diarias, de lunes a viernes con pago semanal, con salarios aprobrados por la ley del trababajo. Los varones tuvieron la nobleza de reconocer la inteligencia de Grisel y Rosario, que muy contentas recibian agradecimientos y felicitaciones por el interés demostrado en las labores agrìcolas y organización En esa rama los hombres quedaron sorprendidos, era evidete como las necesidades que se presentaban en la vida les enseñó a las señoras a defender lo suyo con tanta valentìa, ante intereses ajenos.

Pasada una semana, supieron que tres importantes vecinos del Valle se traasladaron a la ciudad de Santa Clara, con el propósito de contratar jornaleros. Estos jornaleros trabajarian en los sembradios, reemplazando a los que tomaron la dirección en la mina. La predispocición de las mujeres era ejemplar, única, espectacular! Nunca cortaron una yerba, ahora eran expertas en el manejo de las herramientas. Tenian un estilo especial y con la maestria que los experimentados varones empleaban. Los jornaleros llegaron contentos, tal vez pensando en el carácter suave de sus jefas.

Que gran equivocación porque se encontraron ante personas que sabian conducir los trabajos del campo.

Cuatro años después del arribo de los pioneros el pueblo estuvo completamente concluido en su integridad, desde el agua pública, al estilo moderno, hasta la distribución del pueblo. Ahora se apreciaba con orgullo el fruto de los desvelos, de un pueblo que los damnificados querian verlo convertido en una pequeña ciudad. En sesenta dias más El Paraíso se vistió de gala. Llegó la comitiva esperada, compuesta de tres sacerdotes, personeros de estado, militares, invitados de honor, como doña Celestina, amigos de los damnificados, y gente curiosa. Entre ellos algunos ricos que ambicionaban adueñarse del Valle, atraídos por la belleza y el esplendor de sus montes y praderas preciosas como una flor.

La fiesta de inauguración comenzó en Ojo de Alcón. Allí la gente engalanó al pueblo con arcos de flores silvestres. pasaban los visitantes debajo de ellas. Se escuchaban los elogios y bendiciones al gobernante y su gabinete, demostrando su gratitud a la señora Celestina, declarada Madre honoraria del barrio en desastre. La benefactora pasaba a ocupar un lugar especial de Barrio Devastado y El Paraíso. Rosaco y Jullita muy orgullosas regalaban sonrisa a los conocidos que las saludaban al pasar. La comitiva en su totalidad admiraba el puente Tres Amigos, adornado como una novia, todo por idea y cariño de los actuales niños. Luego cruzaron al frente, adornado con arcos de flores y buen gusto con las palabras "Bienvenidos al Paraíso." A muchos, les palpitaba el corazón de ver la entrada al pueblo, que semejaba una calle de una ciudad moderna. El resto del dia lo emplearon en discursos y más discursos y merecidos elogios y agradecimientos al Señor Presidente, que merecia estar presente, pero su precaria salud lo impedia.

80

Las autoridades gozaron tres dias de la belleza del lugar, visitando las colonias que ellos llamaban a los pueblos de los alrededores, quedando admirados, fascinados, maravillados al ver la planta aurifera que montaron los titanes damnificados de la trágica desaparición de toda una Villa. Ahora se transformaron en señores industriales, adinerados mineros, con cuentas bancarias solventes y separadas de las cuentas de las señoras, que contaban con camiones propios. La naturaleza los bendijo con creces a los sufridos pioneros. La gente del Valle no vacilaba en tender la mano al necesitado.

La comitiva primero visitó los sembradios del pueblo, o sea de las mujeres, quedando mudos por la sorpresa ante la variedad de los productos sembrados bajo la dirección de las delicadas señoras que antes no conocian herramientas del agro, ahora expertas en ese campo. Para que los visitantes tuvieran bonitos recuerdos de sus anfitriones, ellos derrivaron una de las mejores vacas y cerdos. Para completar el menú, querian pato a la naranja, palabras que recordó un pasado triste, dijo uno del grupo, caul explicó: "Una vez sugerí en broma el mismo plato." Marcelina, bien escondida escuchó la conversación, de un brinco se plantó al medio del grupo, pidiendo ayuda porque decia "me muero...me muero...me muero." Cayó de rodillas implorando perdón para sus hijitos, pidiendo no cometan semajante atrocidad con indefensos patitos. La abuela desmayada, patitas arriba, aunque le dieron respiración de boca a pico. No reaccionaba.

Inmediatamente llamaron a Jason, el muchacho dijo rápido vamos a un especialista en abuelas de su raza. Gracias a su fortaleza, Marcelina reaccionó y en su lenguaje decía: "Dejen que me muera. Quiero morirme antes que mis nietecitos sean cocinados." Desde esa vez la abuela sufria del corazón, aduciendo falta de respeto y seguridad, la enfermedad la llevo a la tumba. Sus nietos le pusieron una placa que decía

"Te Queremos abuela, duerme tranquila, tus nietos." La narración emocionó a la audiencia.

19 Después de visitar las colonias, cual lo hicieron con el centro minero La Salvadora, la comitiva retornó a Santa Clara, algunos felices de haber aportado con ideas positivas para que les cedan los montes olvidados, plagados de peligros. Pero el pueblo actualmente se convirtió en un pueblo moderno. Los elogios de las autoridades de la comisión ingresaron hasta las esferas sociales. Para ese tiempo Santa Clara tuvo cuatro presidentes y todos buenos amigos de los pobres. La mina San José dependiente del centro La Salvadora, retribuia con creces el trabajo de los vecinos, pero se acercaban las tristezas.

Los pioneros, cansados, envejecidos, enfermos, ya no podian disfrutar al máximo de las bondades que les regalo la naturaleza. Las inclemencias del tiempo y el arduo trabajo de los osados varones terminó con el paso de los años. Ahora se dedicarán ha amasar fortuna para sus hijos. Ellos le darán el valor que sus padres no pudieron. Mientras el pueblo crecia, los comerciantes aumentaban sus negocios. Algunas casas de acopio de material, compra y venta de oro, de minimas cantidades. Aunque el centro se mantenia muy bien vigilado, hasta por la policía, en el aspecto minero-agrario continuaba la rutina, pero no todo era alegrìa y felicidad.

Aunque no faltaba el optimismo, se vislumbraban penas. Los hombres de El Paraíso sufrian enfermedades, los sembradios se secaban, los caminos sufrian deslizamientos, las hortalizas y vegetales producian frutos pequeños y secos, los citricos se derramaban, se sacudian antes de llegar a la madurez, el agua no alcanzaba para la cantidad de pobladores y menos para regar las flores. También se vislumbraban grandes penuries. El Paraíso sufria y las mujeres elevaban oraciones, por la recuperación de la madrina Celestina, que se encontraba gravemente enferma y los médicos diariamente perdian esperanza, aunque estaba muy bien atendida. Un dia, rodeada de los que la querian, se marchó de este mundo, dejando tristeza, llanto, dolor, más que todo vacio entre sus amistades. En los mercados, dejó gente necesitada de ayuda, huérfanos de una persona que valia más que el oro de todo el mundo.

Por su grandeza de espíritu, ahora sí que al Valle cayó una enorme desgracia. Aunque la mina San José producia al máximo, obteniendo buenos dividendos entre socios, flotaba algo en el ambiente que obligaba a presentir, que rondaba sobre ellos, una enfermedad desconocida por los médicos. Tampoco ya estaba Marcelina para que les aconseje sus yerbas milagrosas. A decir la verdad, ahora les faltaba Marcelina para aconsejarles cocimientos de yerbas para animales. Para sus dueños, las mascotas eran insustituibles y en vista de esa emergencia, contrataron un Veterinario para atender las enfermedades de los perritos y gatos. En el cementerio Voces de Recuerdo no faltaba gente llorando a sus seres queridos. Los vecinos suponian sufrir el azote de alguna plaga Bíblica.

Las colonias adyacentes prosperaban a ritmo acelerado. El Valle seguia soportando el castigo de la naturaleza. Se terminaban los antiguos vecinos. Algunos deseaban marcharse como llegaron, con la descepción plasmada en el rostro, el alma y las manos vacias. Como un aumento a la tristeza de los vecinos, falleció uno más de los exploradores, muy querido y respetado por los pioneros. La gente, nerviosa por los acontecimientos, decian que la ley de la selva los castigaba por haber incurcionado en sus dominios. Solamente quedó Oscar, que a diario moria un poco, y la gente decia que la ausencia del amigo lo estaba matando. Oscar perdió la alegría, el optimismo y las ganas de vivir.

Meses atras se celebraron algunos matrimonios y nacimientos, pero fueron pocos los que se quedaron en el Valle. Por temor a las enfermedades, se marchaban inmediatamente. Empezaron las vacaciones escolares. En El

Paraíso se notaba el bullicio de gente menuda; unos atraidos por el oro y otros por los sembradios, la fragancia de los cítricos, plantaciones de chirimoyas. Era como iman para los turistas, visitantes de los alrededores, y curiosos que llegaron con el propósito de adquirir un terreno. Pero, rodeado de gente buena, sana de espiritu, con buenos principios morales, el diablo camina suelto con sus tentaciones, listo para influir en cualquier persona inocente para hacer maldades.

Así fue como surgió la idea en la mente de un matrimonio muy responsable y buen católico; el deseo de adquirir mas terrenos prohibidos que se encontraban frente a El Paraíso, cruzando el rio grande, de aguas peligrosas y montes inexplorados. Uno de los matrimonies jóvenes, con solo un hijo de nueve meses, marido y mujer, pactaron una visita secreta al monte prohibido por sus mayores, monte que ni los más atrevidos cazadores se arriesgaban ingresar. Luisito, mayor de edad, casado con Maria del Carmen, con un hijito de nueve meses, pareja inquieta, deseaba conocer el lugar, aunque pusieron en riesgo la vida de Ariel. Un buen dia, de limpido cielo y radiante sol, sin que dieran cuenta en el pueblo, lograron cruzar las correntosas aguas del peligroso rio. Hizo la suerte que Oliver y Romeo, silenciosamente los siguieron hasta la embarcación. Gracias a la lealtad de los perritos, lograron salvar la vida del niño. Fue la insensata decisión, desobediencia, curiosidad, o la ambición, la que guió a la parejita? No podremos saber que los impulsó a cometer tamaña locura.

Luego de cruzar el rio, el caudal de las aguas comenzaron a subir, sin darles tiempo ha asegurar la embarcación. Se dieron cuenta de la tragedia cuando los perritos empezaron a aullar lastimeramente, anunciando con sus aullidos que algo malo estaba pasando en el contorno, pero ya era tarde para reaccionar. La razón les decia que avanzaran hacia el monte, pero las posibilidades del regreso a casa quedaban más lejos, imposibles de retornar al pueblo. Ahora que hacer? A quien pedir ayuda en esas soledades, reino de los animales salvajes, y nido de culebras venenosas? Con la inocente criatura se internaban más y más en aquella maraña tenebrosa. Parecia que los perritos imploraban a San Roque para que los despierte de tan horrenda pesadilla. Los fieles animalitos tenian el hocico hinchado por las picaduras de las bravas hormigas que defendian su territorio. Romeo temblaba de miedo, perrito crecido en la ciudad, faldero, mimado desde sus antepasados, de fino pelaje, delicadito y pequeño. Oliver mucho jugaba, cariñoso, ojitos saltones, amistoso y bailador. Descendia de perros policías. Los dos hacian una excelente pareja defensiva. Bravo...Bravo… a las cinco mascotas. Todas eran útiles, cuidando el pueblo y alrededores.

20 Luis y familia comenzaron la caminata monte adentro. De entre las piedras al caminar, salian culebras, alacranes, lagartijas, hormigas grandes, y otra clase de animales ponsoñosos, aumentando con las picaduras el dolor de sus compañeros. Romeo dijo: "Será mejor que nosotros regresemos a pedir ayuda/" Oliver respondio: "Y quien crees que cuidará de ellos durante nuestra ausencia? Hagamos algo mejor, tú cruzas el rio y vas a buscar ayuda." "Pero hermano," dijo Romeo, "yo no garantizo que pueda ir solo y llegar a la otra orilla. Pensándolo mejor nos quedamos los dos, porque es evidente que en el agua nos coman los cocodrilos, pirañas o caimanes." Oliver seriamente preocupado le respondió: "No seas tonto, aqui a lo mucho hay anguilas."

Ingresaron al monte, lugar nuevo y desconocido. La parejita iba distraida contemplando la gama de colores de los árboles, la belleza de las flores silvestres, bandadas de guacamayas, monos grandes y pequeños, tucanes, y aves de variados colores. Parecia que la Madre Naturaleza hubiera querido reunir todo lo bello en las alturas y en la tierra lo tenebroso para los animales salvajes. Transcurria el tiempo y la osada pareja olvidó la distancia. Volvieron a la realidad cuando empezó a llover, pero ya no pudieron regresar. Regresar a donde? Empezó el nerviosismo, los reproches. El niño lloraba. Los perritos fieles compañeros trataban de encontrar una solución, pero nada posible por el momento. La seriedad de los chicos denotaba que habia peligro en el contorno.

Al fin encontraron un tronco añoso y frondoso, con enormes deformaciones. Las raices parecian profundas canaletas. Arbol feo, pero con todo y eso se convirtió en la salvación del niño y los perros. Luis buscó con la mirada un lugar para protegerse, pero no encontró, y la lluvia continuaba. Hizo lo único que se le ocurrio, apoyó contra el arbol unas hojas grandes a manera de techo para protegerse de la lluvia. Pero estaba escrito en el libro del destino que esa noche quedaria marcada para siempre en la vida y mente de los jovenes padres. Recordaron todos los malos ratos y contrateimpos. Mientras los aventureros pagaban su desobediencia, Supermán, Mimí y Julieta, presas de la desesperación, buscaban a sus compañeros, hasta en las colonias vecinas. Aullando y llorando, llamaban a sus amigos.

Al amanecer del dia siguiente, Julieta se vio con Viviana y le narro lo ocurrido. La guacamaya le dijo: "Yo ví ayer dirigirse hacia el rio malo." Ellos pasaron el cercado o alambrado y sigilosamente los seguian Oliver y Romeo. Viviana seguía: "Con seguridad estan en los montes del frente o en la barriga de un león." La perrita no quiso escuchar más cosas trágicas. Corrió al lugar indicado y con sus uñas hizo un agujero entre alambrado y tierra. Pasó por debajo, encontrando las huellas de los valientes defensores de un niño de nueve meses, a amerced de dos perros que los defenderian con uñas y dientes frente a todo peligro. Adelante caminaba Julieta, bien protegida por un vecino. Llegaron los hombres como una salvación. Las personas que esa noche pasaron en vela, todos iban con la ropa desordena y maltrechos, pero con unas ganas locas de darles unos azotes que bien merecidos se los tenian, por irresponsables!

Mientras hacian planes en el pueblo, los del monte pasaban apuros. Maria del Carmen se abrasaba de calor y sed:. "Luis, tengo sed, quiero agua. Ahora que hago?" Luis respiró profundo, miró a su familia, levanto la cantimplora vacia, lanzó un profundo suspiro, mezcla de pena y arrepentimiento, como si prescintiera el comienzo de una terrible catástrofe. Se dirigió a los perritos, tocandoles la cabeza les dijo: "Amigos...a ustedes les confio mi familia, cuidenla con su vida." Dio media vuelta y se perdio entre los árboles. Continuaba la lluvia como el obscuro presagio que se avecinaba. Avanzaban las manecillas del relo. Solo Ariel dormia un poco, por la incomodidad de la cama. Amaneció, pero Luis no llegó. Maria del Carmen se apoderó un pánico indescriptible, pensando mil cosas horrendas. Lloraba, gritaba con voz entrecortada. Llamaba a Luis y en un momento de crisis, decidió salir en busca de su esposo. Le dijo a Oliver: "Cuida al niño y a Romeo, tú sabes que los dos estan chiquitos. Yo regresaré con Luis, veras que la suerte nos ayudará y todos regresaremos a casa sanos y salvos." Tomó un machete y decidida se lanzó a lo desconocido, en busca del esposo que se perdió desde el dia anterior.

21 Transcurrieron las horas. Era evidente que el niño tenia sed, hambre y la madre no llegaba desde el dia anterior. Avanzaba la mañana. Oliver se puso tenso y dijo "Hum ...Hum.... Demaciada tranquilidad. Romeo, alerta hermano ... alerta, que un peligro nos esta rondando. Lo siento y quisiera equivocarme. Si algo llegara a pasar yo protejo al niño y tú ladras y ladras con todas tus fuerzas, sin demostrar temor ni temblar porque somos fuertes y bien machos. Recuerda que la vida de Ariel esta en nuestras manos. Romeo dijo, con la voz en un hilo: "En mis ladridos querras decirnos, importa pero acaba de temblar el chico." Oliver dijo: "Ahora!" De un salto, llegó al hueco del tronco que los cobijaba. Luego salió a la malformada raiz del mismo. Romeo al borde de la histeria grito: "No me dejes solo hermano/" El amigo respondió: "Estoy inspeccionando el lugar para protejernos. Si algo malo le pasara al niño, los angeles nos cubran. Mira a tu izquierda hermano y no demuestres miedo."

Romeo obedeció y miró al lado indicado y eclamó: "Hay mama mia, San Roque nos salve de este animalote, tamaño de una casa. Reina de los mares, es un gigantesto oso pardo!" Parecia burlarse de los que desafiaban su ferocidad y estatura. Al perrito chiquito le corrio algo helado por sus venas, al instante le cambio a hierro caliente y al instante ese calor fue como una inyección tónica. Corriendo por sus venas la fuerza, el corage y deseos locos de atacar y pelear por el niño. Ese momento perdio el miedo a esa enorme mole gris que avanzaba lentamente hacia él, inclinando la cabeza de derecha a izquierda como un chico travieso y burlón. El oso se detuvo compadecido de un animalito tan pequeño y delicado. Pero Romeo continuaba ladrando, desafiando a su contrincante y despiadado atacante.

Oliver cuidadosamente halaba al niño hacia el hueco del arbol, para cubrir su cuerpo con el suyo. La mole gris atacó, pero falló el primer zarpazo dirigido a Romeo. El perrito esquivo, ladrando y ladrando tanto y tanto, como sarpazo repartido por la mole gris, nombre que le dieron los perritos. Pero algunos eran bien dirigidos por el oso, que le dejaban profundas heridas, retorciendose de dolor. Poco a poco el descomunal animalote logró desmayarlo a dentelladas y perdida de sangre. Luego se lanzó sobre Oliver, que con su cuerpo cubria al niño en la incómoda canaleta hueco formado entre la raiz del feo tronco y la tierra. La enorme mole gris deseaba comerce al perrito y al niño, pero olvidó la tenacidad del guardian de Ariel. Primero él moriria antes que el bebé, segun su compromiso con el padre del chiquillo, porque un compromiso de honor era mas formal y sagrado que sellado con las autoridades.

El momento más crucial para Oliver se acercaba; el perro desfalleciente por las heridas y perdida de sangre. Cuando sentia llegar el último suspiro y la muerte, elevó los ojos al cielo y vio llegar el milagro de la salvación para los tres. Se escuchó un disparo con sonido muy lejano, era que el manto negro de la muerte los cubria, el oso se tambaleo y corrio monte adentro. Unos segundos más tarde se escucho otro disparo y la bestia cayó pesadamente fulminado por el segundo disparo. El cuadrupedo estaba muerto. El último de los exploradores terminó con la vida de uno de los asesinos de la selva.

Se escucharon gritos desesperados de angustia y dolor. Eran los padres del niño. Orientados por el ruido de los disparos, encontraron el arbol donde dejaron a los perritos, encontrando en el sendero a un oso muerto. Maria del Carmen gritó "santo cielo que Dios nos ampare, un oso muerto!" Emprendió loca carrera. Al fin llegaron al lugar que tanto habian buscado durante el tiempo que estuvieron perdidos. Entre sollozos, Maria del Carmen decía, "papa, papacito... papi ... donde esta mi hijo?" Miraba a los perritos y repetia "los mató el oso, los mató el oso?" Hablaba atropelladamente, que no se entendia sus palabras. El padre le respondió: "Preguntas por Ariel? Ese niño ya no es tu hijo." Ella pensó que el oso se comio a su niñito, dio un grito y cayo desmayada. Mientras los vecinos atendian la gravedad del problema, los otros atendian al niño y a los animalitos, que agonizaban, obedeciendo a un padre que confió en ellos.

El padre de Luis cortaba una varilla de liana natural de esos montes. En cuanto a Maria del Carmen, en cuanto se repuso su padre, le dijo: "De que hijo preguntas? Del que tu abandonaste en este sitio? Tu ya no tienes hijo, por insensate mala madre irresponsible. Ahora el que era tu hijo pertenece a estos nobles perritos, que siendo animales supieron responder. Tú no eres madre, no lo mereces, vete, vete de mi vista antes que te muela a palos, que ganas no me faltan. Padre juro, que juro ni que angelitos…" No pudo terminar de hablar. El padre de Luis pidió a su hijo que se acerque y le dijo: "Escucha pedazo de badulaque. Dime, no te enseñamos responsabilidad respeto y obediencia? Donde dejaste esa enseñanza? Si no podias dirigir tu hogar como esposo y padre, quien te obligó casarte y traer hijos al mundo si no te sentias capaz de proteger a tu familia? Insensato mal marido y peor padre. Esto recordaras hasta tu muerte." Tomó la varilla y le propino un sin fin de azotes, en las nalgas, espalda, al final por todo el cuerpo." El padre se canzaba de darle palazzos, tomaba aire, y nuevamente castigaba a Luis, que le pedia perdon de rodillas, jurando no cometer otro error en su vida."

Oscar, el amigo explorador gritó, ya estamos listos, vamónos. El padre de Maria del Carmen cargó en sus espaldas a Oliver, muy mal herido, y en sus brazos como si estuviera muertito llevaba a Romeo que ya no abria los ojos. Gritó el amigo de Oscar: "Apuren el paso que Romeo se nos va en sangre." LLegando a la playa tropezaron con otro contratiempo. A esa hora los animales se alimentaban, saliendo debajo de las piedras las pozoñosas alimañas hambrientas y sedientas de sangre, buscando a quien atacar. Julieta, bien asegurada con una soga, la perrita queria regresar y morder al desvergozado y despiadado oso, que siendo tan grande como un avion, queria matar a sus hermanos, Romeo, Oliver, y al indefenso niño que aun no sabia hablar.

22 LLegada al pueblo, la gente ese dia no acudió a sus labores. La mayoria de los vecinos, reunidos en la plaza alrededor del consultorio médico, esparaban noticias de los jóvenes aventureros. Las dos madres entrelazaban los dedos mirando al cielo. Era evidente que rezaban por los suyos. Las personas que esperaban en las afueras del pueblo gritaron "ahí vienen...ahi vienen... ya estan llegando." Las madres al borde de un desmayo preguntaron: "Los chicos estan bien?" Uno de la multitude respondió: "Vienen caminando perfectamente, pero traen la ropa hecha jirones y al niño lo trae el abuelo." Oscar y su amigo, sin responder preguntas de los curiosos, a la carrera se dirigieron al consultorio médico, sorprendiendo al doctor con Romeo casi muerto y Oliver muy mal herido. El médico, al verlos en estado tan grave, les dio oxígeno y suero. Trabajaba, aconesejaba y exigia a la vez sacarlos a una clínica veterinaria de la Ciudad de Santa Clara. Romeo respiraba por milagro.

Jason, que esa temporada visitaba a sus padres, trajo su camioneta, colocó un pequeño colchon y cobijas para el traslado de los heridos. Ofreció una donación al consultorio para que una enfermera los acompañe en el viaje. Julieta, Mimí y Supermán aparecieron gritando, maullando de angustia, pues Julieta pensaba en algo pasajero cuando los encontraron en la selva. Ahora era diferente. La noticia del médico cambió la situación. Con desesperación le pedia: "Hermanos del alma no nos abandonen, no queremos quedarnos sin ustedes en estos montes." Oliver haciendo un esfuerzo, abrió los ojos, se arrastró hacia Romeo, hablandole en su lenguaje le dijo: "Hermano, gracias por salvarme la vida, eres todo un señor perro. Te quedo muy agradecido por ser como eres. Tú tienes que cuidar a Arielcito. No podemos confiar en otra persona. Si necesitaras sangre, toma la mia que aun me queda un poco, y se desvaneció."

A toda velocidad partió la camioneta rumbo a Santa Clara. La madre de Maria del Carmen le dirigio una mirada de reproche a la hija, acompañada de palabras muy duras, entre ellas, "ahí esta tu obra pedazo de sinverguenza, cara dura, hija de la guayaba." Esto ponia mús nerviosa a la muchacha, que pedia piedad y perdón. Pero otra madre, con piedad, dijo: "Señorita, quiero hablar con usted, vamos a mi casa, porque usted acaba de perder a su criatura por correr tras un mal hombre, un desobediente, un hombre que no sirve para ser padre ni esposo, y tú no sirves para madre. Pero gracias al cielo que mi nieto tiene otros padres, que dieron su vida por el." Esta madre hizo la siguiente oferta: "En la cabecera del rio tenemos grandes extensiones de terrenos, que son nuestros. Enterados de la ambición de ustedes, que quierian mas terrenos. Nosotros que los queremos les cedemos gustosos esas tierras reservadas para ustedes queridos hijos. No era necesario exponer la vida de nadie, lo que más me duele es que no supieron obedecer. Que pena, que tristeza, que un hijo no tenga la valentia de cumplir su palabra, su honor empeñado. Quisieron más tierras, no? Pues ahi lo tienen y asunto concluido. son todas suyas."

Las señoras tuvieron una reunión importantísima en la que las dos abuelas de Ariel decidieron vender las plantaciones en general y marcharse a la ciudad, antes de sufrir más decepciones de sus hijos, por los que ellas daban la vida. Así lo hicieron para llegar a El Paraíso, y trabajar quince horas diarias para que sus hijos tuvieran un futuro, libres de la opresión, que la necesidad les obligara a soportar los últimos meses allá en Villa Devastada. Parecia haberse detenido el tiempo. Pasaron dos semanas y llegó la enfermera que acompaño a los perritos heridos. A la pregunta de los vecinos aseguró que en dos semanas llegará Oliver, el cual necesitaba reabilitación.

Supermán, pensando en la situación económica del grupo de las mascotas, preparó un legajo de peticiones porque Julieta y Mimí lloraban pensando en un engaño y exigian ver a Romeo en el hospital o por lo menos conocer su tumba. Antes sucedió algo inesperado. Un vecino en Santa Clara se encontró casualmente con el Padre Miguel, párroco de la Iglesia Nuestra Señora del Valle, que se encontraba tomando vacaciones y a la vez tramitando mejoras para la niñez de su parroquia. El vecino le narró con detalle lo ocurrido durante su ausencia, pero lo más doloroso y desesperante fue la desobediencia del jóven matrimonio, que arriesgaron la vida de un inocente niño, dejándolo al cuidado de dos leales y valientes perritos que supieron cumplir con honores el compromiso contraido con Luis y Maria del Carmen. Aunque ahora pagan su osadia, lo hacen con gusto y con el deber cumplido.

Los últimos acontecimientos en el Valle cambiaron los planes del sacerdote, que decidió retornar inmediatamente al pueblo. Allí se encontró con problemas más grandes. Las mujeres antes sumisas, decidieron levanter la voz con firmeza, orgullo, coraje y buena visión. El padre Miguel, en cuanto llegó al pueblo anuncio una visita importante a las diez mujeres que dirigian el grupo. Iba preparado a disuadirlas de sus propósitos, pero fue como remover una herida. Hubo quejas, llantos, crisis de nervios. El sacerdote tuvo que llamarlas a la serenidad, para saber realmente lo que pasó durante su ausencia. Queria llegar al fondo de aquella razón tomada por mujeres tan dignas, abnegadas trbajadoras, ejemplares madres y esposas.

Las mujeres solamente sabian lo que pasaron despues de la devastación de su barrio. Luego la llegada al Valle, los trabajos forzados, claro que ellas mismas los crearon. Aunque ahora se admiraban de su obra, era inaceptable para Maria del Carmen que su hijo la engañara como lo hizo. Durante su niñez era ejemplar, lider del grupo infantile. Creció respetado, querido y obedecido en su grupo. No puede ser verdad lo que esta pasando. La pobre madre se consumia en preguntas sin respuestas: "Padre usted no sabe como duele la mentira y desobediencia de un hijo, por el que se daria la vida. Hoy fue una, mañana sera otra. Esa desconfianza nos mata, por eso nos vamos Padre Miguel. Luis y mi nuera querian más terrenos, pues ahí tienen las tierras que siempre les correspondia. Padre, queremos su bendición, cualquier dia nosotras no amanecemos aquí." Se arrodillaron Rosario, Grissel, Leonor, Prudencia, Fanny, y las otras, en total eran diez señoras. Parecia haberse detenido el tiempo y esfumarse la alegria de las señoras, que recorrian las calles recordando cada piedra que colocaron con sus propias manos. La nostalgia las obligó a encerrarse en su casa, para no recorder y sufrir más.

23 Pasadas tres semanas, llegó a casa Oliver, aun desmejorado. Los vecinos se dirigian a él, como a un hermano, expresándole su cariño y cuidado. En su lenguaje, Oliver preguntaba sin cesar cual fue la suerte de Romeo, "porque si él murió, yo también quiero morir." Una mañana, Supermán amaneció de muy mal humor. Lo primero fue decirle a Oliver "hermano! nos vamos de aquí, no vale la pena sacrificarnos más. Solo esperamos que regresen sanos y salvos para llevarlos adonde puedan darnos lo que merecemos por nuetro trabajo." Oliver escucho pensativo, luego respondio lento: "Ese aspecto lo trataremos con Romeo porque él esta más afectado que pensamos. Analizamos y decidimos entre todos."

Oliver invitó a sus amigos dar una vueltecita por los sembradíos. Al verlos dijo: "Como quisiera estar sano y proteger las hortalizas de estas ratas inmundas, como lo hicimos antes." Se notaba dejadez en los sombradios y plantacines porque nuevamente las ratas, ardillas y otros animales dañinos, se creian reyes de la noche y aprovechaban de todo cuanto les gustaba. Las señoras perdieron el interes. De aquellas valientes mujeres quedaban pocas. La desobediencia de un hijo acabó con lo más grande que las sustentaba. Los vecinos culpaban a Luis; jamas debió incurrir en un error de niño tonto. No era necesario título universitario para proteger a una familia. Que ojalá pudieran aprender el ejemplo de los perritos, siendo animales supieron defender la vida de un niño. Que pena!! Muchos opinaban que El Paraíso se quedara sin pioneros, que realmente merecian ser dueños del Valle abandonado, ahora convertido por ellos en un importante pueblo, nombrado granero y minero de Santa Clara y alrededores. Los esposos y vecinos hablaron seria y claramente con las mujeres. También ellos las descuidaron, dedicando mas tiempo al trabajo de la mina.

Llegada de Romeo, aun delicado de salud, alque ordeno su médico una terapia agresiva pero cerca de su familia. Aprovechando la estadía del traductor general, Supermán citó a una reunión de suma importancia. Todo el pueblo asistió, unos por curiosidad y otros deseosos de enterarse de los argumentos de las sumisas mascotas, cuales siempre eran menos preciados, hasta ofendidos algunas veces. Tomó la palabra Supermán y dijo: "Queridos amos y amigos, voy ha hablar poco porque estamos cansados de repetir las mismas cosas. De todas maneras, gracias, gracias por la amistad y apollo. Ahora cederé la palabra a Oliver. Él sabe que desde que nosotros llegamos a este lugar trabajamos todas las noches. Lo triste es que no tenemos nada, en cambio ustedes tienen una cooprativa sólida, dinero en el banco, camiones y grandes plantaciones que nosotros cuidamos sin cobrar un centavo. Mi hermana Julieta y Mimí comparten el único mosquitero que nos dieron y nosotros que trabajamos tanto, qué cosa tenemos! Nada, solamente trabajo y más trabajo."

Mimí tomó la palabra, diciendo: "Los cartones de mis aposentos están viejos, agujeros y nadie se fija en eso." Romeo dijo: "Nosotros también queremos formar nuestra propia cooperative, tener algún dinerito, aunque sea poquito, guardado para emergencias como las que estamos pasando. No piensen que somos unos desagradecidos, pues les agradecemos de todo corazón. "Pero señoras, señores, por justicia ustedes deberian pensar en nosotros también. Esa es la razón de nuestro retiro de El Paraíso. Solo esperamos mi recuperación para marcharnos. Gracias, mil gracias por su noble corazón."

Rosario y Grisel se pusieron al centro del numeroso grupo y hablaron, diciendo: "Ahora que el momento es oportuno, nosotras también decidimos marcharnos de El Paraíso. Nuestros hijos ya tienen suficiente para vivir aparte de la profesión que les dimos. A nuestros esposos les pedimos comprensión y que sigan trabajando en la mina. Nos dolió mucho la ingratitud, superioridad y desobediencia de nuestros hijos. Somos sencillos, humildes pero no ignorantes. Así los criamos, así fuimos y seremos madre de ellos. Gracias querido Valle, lugar donde fuimos felices, aunque con mucho esfuerzo. Les dimos lo necesario a nuestros hijos. Extrañaremos tu belleza y tus montes de diferentes tonos de verde. Gracias por habernos acogido en tu suelo, bendito para nosotros. Gracias familias por brindarnos apoyo, cooperación y cariño sincero los primeros meses de sobrevivencia en una selva abandonada como era antes. No bastan las palabras para dirigirnos a ustedes. Este grupo de señoras formado en la miseria y el amor vale más que todos los diamantes del mundo. Ojalá algún dia valoren nuestro trabajo, sacrificio y compañia."

Se escuchó un aleteo. Era Viviana. Ella decía: "Me van a abandonar hermanos? Yo los quiero, siempre los quise. Nadie mensionó mi nombre. Me van a dejar en el Valle, para que me coma un aguila?" "Las mascotas somos seis y todos nos vamos," dijo Oliver. Se escuchó una voz suave que se mejaba a una canción de cuna y decía: "Queridos hijos, no se preocupen, les tengo todo preparado. Soy Leyla, el Hada Madrina que los acompañó en todo momento y ahora los llevará adonde sea mejor para ustedes."

Una mañana, con la luz del alba, las mujeres dejaron El Paraíso, lugar donde también quedó su juventud, fuerza y deseos de formar otro pueblo. Algunos esposos quedaron tristes, vertiendo lágrimas de sangre por no cuidar debidamente el hogar. Los monitos nocturnos lloraron toda la noche, presintiendo que sucederá algo negativo y doloroso a sus deseos. Rosario les consolaba prometiedo regresar periódicamente. En otro carro viajaban las mascotas mudas de dolor porque los inmensos sembradios quedaban sin protección. No se escucharan sus ladridos ahuyentando a los animales dañinos. Talvez los separen. Ya no veran la sonrisa de satisfacción de sus amas. Durante las cosechas no besarán los frutos que sembraron y cuidaron las mascotas. Así, poco a poco, se alejaban de El Paraíso, en busca de otro mañana, otro amancer, y hasta posiblemente un nuevo paraíso.

El Paraìso

Pedazo de patria, donde yo crecí
Corazón y sangre, que laten en mi alma
Inyectándome fuerza, para respirar
Paraíso adorado, pueblo de pureza, gran porvenir
Gloria a los que te amaron, hasta dar su vida
por tu Valle Santo, por tu tierra querida

www.ingramcontent.com/pod-product-compliance
Lightning Source LLC
Chambersburg PA
CBHW020626130626
46552CB00003B/1107

* 9 7 8 0 5 7 8 1 8 3 0 4 6 *